Alexandre Jardin

Autobiographie
d'un amour

Édition révisée par l'auteur

Gallimard

Alexandre Jardin est né le 14 avril 1965. Il vit de sa plume.

À Hélène, le vivant de ma vie

La plus belle des folies n'est pas d'aimer mais de permettre à l'autre de s'aimer.

JACQUES SALOMÉ

I

Ouvre les yeux dans les yeux
que tu crois avoir ouverts.

CHRISTIANE SINGER

Où est la vraie vie? Cette question de jeune homme, qui rejette les émotions aquarellées, ne cessait de conduire Alexandre Rivière vers les femmes. L'amour, loin d'être une récréation, avait toujours été pour lui l'unique prétexte valable pour continuer d'exister, l'un des rares opiums capables d'atténuer son pessimisme joyeux.

Le dégoût d'être né l'avait saisi très tôt; seul son irrévocable penchant pour l'autre sexe l'en soulageait vraiment. Prisonnier de son officielle gaieté, Rivière agglomérait les plaisirs, distribuait autour de lui des occasions de jouir et de rire de tout, peut-être pour se persuader que vivre ne le chagrinait pas trop. Mais l'amour, à trente-deux ans, le tracassait comme une défaite annoncée.

Longtemps, la géographie des besoins de son épouse l'avait désorienté; puis, après s'être saupoudré dans des liaisons diverses, Alexandre avait admis qu'on ne rencontre les attentes d'une fille que pour trouver le vivant de la vie en essayant d'y répondre. Comme si les désirs essentiels de Jeanne, voire ses ressentiments, étaient ses plus grands maîtres à vieillir. Comme si, en touchant son dû d'intimité, sa femme le dédommageait de n'être qu'un homme. Seule une compagne osant les vraies questions et ne l'épargnant pas pouvait l'autoriser à fréquenter tout ce qu'il était, même les filigranes de sa personne. Sitôt qu'il fuyait les aspirations de sa moitié, Rivière se savait hémi-plégique.

Avec ferveur, Alexandre avait donc espéré pendant sept ans que son mariage ferait de lui un mieux que lui. Il aspirait à se laver de son égoïsme, à se donner plus qu'à se prêter, à deviner les incomprises qui s'ennuyaient dans sa femme. Cette cure de vérité devait, il l'espérait, lui révéler ses propres besoins, l'exonérer de la tentation d'être ordinaire et l'extirper de son existence moelleuse d'instituteur avachi sous les tropiques, aux Nouvelles-Hébrides exactement. Vers la trentaine, Rivière dut cependant convenir que leur amour, parti fringant et gavé de pro-messes, trempait désormais dans un égout de compromis. Lui, Alexandre Rivière, ne serait jamais le vrai nom du bonheur de Jeanne.

Possédée par des rancœurs intactes qui avaient fini par lui coûter son sourire, Jeanne présentait désormais un regard en retrait, un visage clos. Le soir, très absente dans ses bras, elle lui faisait encore l'aumône de son corps mais sans rien livrer d'elle-même. Au lit, toute en négligences hâtives, Jeanne ne l'entraînait plus vers cette malaria de désir qui, jadis, les essoufflait de volupté. L'amour physique bâclé, pratiqué avec mépris, était la dernière morsure qu'elle pouvait lui infliger. Cette proximité lointaine, cette lenteur qu'elle lui refusait, ses profils toujours fuyants lui devenaient chaque jour des crève-cœur. Il en souffrait! Et en perdait l'estime de sa juvénile personne.

Sitôt qu'Alexandre lui reparlait d'amour, elle ironisait au canif, dépiautait ses fautes, révoquait ses attentions, le licenciait presque. Avec cruauté, elle se remboursait de la confiance naïve et sublime qu'elle lui avait donnée autrefois. Par allusions brèves, Jeanne le diminuait alors avec la rage exaspérée d'une emmerdée plus que d'une emmerdeuse; elle l'éclaboussait de désaccords. Toutes les fois qu'il s'appliquait à interrompre ce naufrage au ralenti, par des initiatives funambulesques qui satisfaisaient ses priorités plus que les siennes, elle répondait par des diètes de silence, des regards désœuvrés qui faisaient écran entre eux. Jeanne ne croyait plus en ses baisers; elle séchait de déception.

Peu après leur arrivée dans les bleus de l'Océanie, à Port-Vila, sur l'un des confettis moites qui formaient à l'époque les Nouvelles-Hébrides, la douleur de Jeanne avait augmenté encore de se sentir si seule dans un archipel lent où tout incitait à partager de l'ineffable, à respirer ensemble. Comment aurait-elle pu hurler son chagrin au milieu d'une féerie pareille, dans un tel tintamarre de fleurs ? Les palétuviers, les palettes de coraux où il n'était question que de gaieté, les couleurs saturées des lagons, tous ces Gauguins lavés de soleil parlaient d'abandon, d'intimité réparée, d'horizons disponibles, tandis qu'elle crevait de cette solitude qui asphyxie les mal-compris. Entre eux, plus d'infini, rien que du sentiment découragé, le scandale de la médiocrité.

Malgré les efforts de la jeune femme pour marquer de temps à autre à son mari un peu d'affection, les regards de Jeanne ne cessaient de décolorer les enthousiasmes d'Alexandre, d'ombrer ses intentions. Certains soirs, Alexandre espérait encore qu'elle lui offrirait un morceau de leur passé ravigoté ; et cet espoir tenace, puéril, enkysté dans son cœur, achevait de l'anéantir.

Au dîner, deux répliques suffisaient à présent pour liquider toute velléité de conversation. L'inattention de Jeanne lui disait assez son déplaisir de souper en sa compagnie. Sautant le dessert, Alexandre prétextait de plus en plus souvent des devoirs à corriger ; ce qui était exact, sans être la vérité. Il filait s'établir pour la soirée au sommet de leur modeste immeuble de bois, dans une chambrette qu'il s'était réservée, encombrée de détails du siècle dernier : un secrétaire en acajou esquinté, tout un mobilier mutilé réchappé du naufrage d'un clipper. Là, loin de leur court-bouillon conjugal, face à la nuit violette, à l'heure où un sommeil humide et commun écrase Port-Vila, il parvenait à soustraire quelques heures à l'hébétude tropicale.

De ce réduit, Rivière apercevait en bas la rue La Pérouse ponctuée de silhouettes de cocotiers ; elle escaladait le quartier australien, au-dessus du palais de justice bicéphale du condominium franco-britannique. Cette rue brève, pentue et bizarre, avait été construite toute en symétrie par l'architecte Vollard, vers 1920, à l'époque où les bourses nord-américaines raffolaient des cours du coprah. L'immeuble d'en face, rescapé des tremblements de terre et des cyclones assassins de la région, était couvert de colonnades mordillées par les termites ; sa façade semblait un plagiat en bois exotiques de celle, sur le côté pair de la rue, où les Rivière habitaient.

Accoudé sur des piles de fautes d'orthographe, impuissant à délivrer Jeanne des pièges de sa rancœur, Alexandre plongeait du regard dans les intérieurs protégés par des moustiquaires, scrutait une dégringolade d'histoires parallèles à la sienne, un bric-à-brac de scènes moites, tout ce par quoi le quotidien s'use et s'ankylose. Il sirotait ses regrets mêlés à des alcools locaux aux vertus anesthésiantes. À petites goulées, le kava lui soufflait des pensées sans relief, lui prêtait une quiétude métissée d'oubli. Alexandre se soulageait ainsi de la tristesse d'être un effet sans grande cause. Il n'était rien, rien qu'un de ces quarante mille maris incompétents qui, aux Hébrides, ruinaient chaque jour le cœur d'une femme et dévalisaient son corps sans rien offrir, ou si chichement. Sur la scène de leurs amours, Rivière se sentait un acteur sifflé ; et cela le décharmait de tout. Le malheur qui s'entortillait à son sort ne lui allait vraiment pas.

Chaque fois qu'Alexandre était formidablement allègre, ne fût-ce qu'un instant, il lui semblait qu'il touchait une avance sur une somme qui lui était due de toute éternité, un frêle acompte sur l'insolent capital de bonheur dont son frère Octave, son jumeau, avait toujours su jouir avec régal. Depuis leur naissance en tandem, Alexandre, sous des dehors guillerets, avait pris sur lui toute l'ombre du duo, laissant à Octave l'aisance dans le succès, les cataractes de triomphes, la vie sans fêlure, ce sillage de facilité qu'il creusait derrière lui. Même désœuvré, Octave avait toujours paru en mouvement, prompt à dominer l'événement, porté par un caractère jupitérien, alors qu'Alexandre, tout boutonné de bonne éducation, mal assuré, souvent en deçà de lui-même, doutant de sa personne hésitante et rêveuse, se trouvait ordinairement réduit à n'exprimer qu'une fraction de la vitalité resserrée dans son tempérament.

Alexandre ne se sentait que le brouillon, l'esquisse ratée d'Octave, cet athlète du bonheur flagrant, léger ; et cela plus encore depuis la disparition de ce dernier dans les îles Banks lors d'une chasse au crocodile marin, treize ans auparavant, dans des conditions jamais vérifiées. Octave était resté comme auréolé dans son esprit, tel un autre lui-même qui eût été réussi, favorisé par le hasard, exempté des trouilles qui amoindrissent les êtres.

C'est ainsi qu'une nuit, occupé à boire face aux toits de tôle vernis de lune, loin de l'entrave asphyxiante de son mariage, Alexandre entrevit Judith, trois étages plus bas. Elle logeait dans l'immeuble qui, sous l'influence du kava, lui faisait plus que jamais l'effet d'un reflet sculpté du leur. Intrigué, se souvenant qu'il était un homme, Rivière s'étonna de ne l'avoir jamais remarquée de chez lui, puisque leur meublé se trouvait au même niveau. Et puis Port-Vila n'était pas une ville si grouillante que l'événement d'une telle silhouette pût passer inaperçu.

Judith n'était pas le prénom de cette voisine encore inoffensive qu'il distinguait dans le clair-obscur de ses fenêtres, parfois en contre-jour derrière les rideaux ; c'était celui d'une femme qui procédait d'un songe, le nom qu'Alexandre avait prêté à l'amante imaginaire qu'il s'était inventée adolescent, quand la réalité de ses amours le dégrisait. Sa Judith était une femme qu'il aurait réellement entendue, sentie dans ses contradictions, aimée pour sa vérité ; une maîtresse qu'il aurait joui de satisfaire, en visitant avec elle les vertiges les plus inavouables, les fièvres dangereuses qu'ils ignoraient tous deux. Dès les premières ambiguïtés, Alexandre avait espéré que Jeanne serait sa Judith, l'acrobate qui le suivrait un jour sur un fil, sans autre filet que celui de leur si jolie confiance. Les années pâlottes, le ressac insidieux des jours dilués s'étaient chargés d'entamer ce rêve caressé.

En l'espace de quelques soirées, sans qu'il sût exactement pourquoi, ce fut cette voisine inconnue qui porta ce nom et fixa les songes qui s'y attachaient. Désormais, elle le lancinait, agaçait son désir. Sans doute était-ce rassurant pour Alexandre de remettre sa fragilité à cette fille sans visage qui vivait de l'autre côté de la rue, hors de sa réalité, à cette image floue qui ne risquait pas d'entrer en collision avec son destin. Cette très prudente passion, pétrie de perfection puisqu'il contrôlait tout, ne lui coûtait aucune blessure, cicatrisait ses amertumes et lui disait qu'il n'était pas devenu une machine à n'aimer personne, en un temps où, sur le marché des sentiments, il ne croyait plus guère à la valeur des siens. Il vivait ainsi avec Judith un amour de serre, protégé des tempêtes, qui le soulageait le soir du mépris de Jeanne et lui rendait assez de quiétude pour redescendre chaque nuit dans le lit conjugal, juste après que Judith eut éteint sa lampe de chevet. Alexandre se coulait alors dans leurs draps trop propres, près du corps en boule de Jeanne qui avait déjà chuté dans le sommeil — depuis longtemps déjà, il dormait avec un dos ; là, il se prélassait, encore remué par l'image imprécise de Judith, ce collage de sensations glanées en guettant les contours de son corps, à travers les ondes des rideaux. Parfois, il arrivait même que l'image fût plus nette, malgré l'alcool terreux qui, en rendant ses pupilles paresseuses, ajoutait ses distorsions aux reflets des vitres.

Judith campait sur un lit tous les soirs et prenait souvent ses quartiers à peu près au moment où Alexandre entrait dans son refuge. Il n'apercevait pas clairement sa chambre car le point de vue était trop oblique, et elle n'allumait qu'une lampe pour chasser la nuit, un spot métallique qui aboyait une lumière crue centrée sur un grand cahier. Le rituel nocturne de cette femme qui semblait déguster sa solitude le touchait chaque nuit plus vivement ; et cette émotion tardive ne laissa pas de le surprendre quand, le septième jour, Judith se mit à accomplir très exactement tout ce qu'il n'aurait pas aimé que Jeanne fît devant lui : elle dénoua ses cheveux, alluma un incendie de blondeur avec une brosse, alors qu'il pensait n'être sensible qu'aux cheveux relevés, civilisés par les coiffures qui laissent la part belle au port de tête, à la grâce incontestable d'une nuque libre. Judith essaya des vêtements qu'il trouva d'une vulgarité assez marquée pour amortir son émerveillement. Elle joua ensuite avec des perruques qui, l'espace de quelques minutes, lui prêtèrent un peu de rousseur, de fureur électrique ou de fixité inattendue. Puis elle enfila des bottes, se risqua dans des cuissardes, virevolta. Ses choix heurtaient Rivière, tout comme ses déhanchements excessifs lorsqu'elle se mit à danser devant un miroir, dans un tumulte de gestes, vêtue d'une esquisse de culotte. Mais il entrait dans sa conduite tant de liberté, et une si belle aptitude à se donner du plaisir, qu'il restait fasciné par le spectacle. Voir évoluer cette jeune femme à l'abri du regard des hommes, affranchie de l'avilissant souci de plaire, la lui rendait irrésistible, lui restituait soudain l'humeur radieuse de Jeanne dans les débuts de leur rencontre, cette légèreté qui la nimbait à l'époque où elle était faite en femme et non en mère. Oui, il ressentit chez Judith cette même fausse désinvolture et cette vraie gaieté qui signalent une difficulté d'être extrême, celle qui ne cesse de mordre les êtres d'exigence ; et cet alliage de deux métaux magnétiques, l'un exagérément léger et l'autre très dense, se mit à agir sur Alexandre comme sur une boussole devenue folle.

Était-il tombé dans le toboggan d'une passion ? Les jours suivants, plus il tenta de se

24

raisonner, de convenir du ridicule d'un sentiment aussi peu fondé, plus son cœur récusa
la tutelle de son esprit. L'incendie, joyeux de
progresser, dévorait l'ennui d'un mariage où les
jeux semblaient trop faits. Son envie piaffante
d'aimer cette Judith ravageait ses réserves, le
conduisait vers cette légèreté dangereuse où l'on
cède à l'amour dès lors qu'il nous choisit.

La distance et le manque de lumière ne lui
avaient pas encore permis de distinguer les traits
de Judith mais, tout à son délire amoureux, il lui
prêta la physionomie de son tempérament vif,
le regard allumé et enjoué qui allait avec son
naturel déconcertant. Plutôt que de la reluquer
avec dans les yeux la flamme immonde du
voyeur, Rivière restait simplement heureux
devant cette fille dont le caractère, qui l'aurait
inquiété chez Jeanne, s'ajustait si parfaitement
avec le rêve précis de son adolescence. Cette
version inédite de Judith lui donna peu à peu
le goût d'enfourcher de nouvelles libertés, de
rompre avec les raideurs du personnage qui avait
fini par dévorer sa personne. Elle le désintoxi-
quait de tout esprit de sérieux, titillait chez lui le
fatal tropisme du plaisir.

Un soir, Alexandre se surprit à monter le son
de sa radio pour danser en même temps qu'elle,
en essayant d'épouser sa joie furieuse. De son
côté, Judith pulvérisait sa tristesse avec un élan
très transmissible, une rage rythmée qui gagna la

rigidité d'Alexandre. Traversé par le besoin de se saccager à son tour quelques minutes, il laissa brusquement se disloquer la banquise de sa bonne éducation, si difficile à faire fondre, même dans un verre de scotch; et cette explosion remit de la sève dans son corps de bois qui avait cessé de danser depuis... Cette fille lui donnait envie de danser! De rendre leur gaieté à ses vertèbres presque soudées, à ses membres amidonnés! Alors qu'il reprenait son souffle, une interrogation le lui coupa : pourrait-il longtemps encore se contenter d'une liaison oculaire, faite de monologues, alors que la seule proximité de Judith ravivait tant d'appétits oubliés?

Les jours suivants, Alexandre ne cessa plus de s'interroger sur le contenu du cahier de Judith. Il flairait que la vérité de cette femme-là, qui sans doute éclatait page après page, était de nature à le renvoyer à la sienne; car il ne la voyait pas griffonner des niaiseries, ni s'arrêter sur des pensées confortables. Les sentiments d'Alexandre ouvraient à Judith tous les crédits. Le sens du plaisir qu'il lui supposait ne lui avait jamais paru dérisoire, sa présence était bien celle des êtres qui vibrent par des questions rudes et lourdes de révolutions intimes. Rivière voulait s'en persuader; et il y parvenait! Judith avait nécessairement le talent qu'ont les femmes d'élection de confronter les hommes à la véritable mesure de la vie. Il pressentait que la rencontrer lui serait décisif, susciterait la transmutation de sa personne en voie d'empaillement en un individu réellement vivant, disposé à devenir plutôt qu'à se perpétuer. Et puis, un soir, il aperçut l'ombre chinoise de Judith attacher une corde au crochet qui retenait le plafonnier de sa chambre. Avec méthode, elle fit un nœud coulant. Elle approcha un tabouret, et monta vers sa fin.

Effaré, Rivière resta quelques secondes immobile, avant d'accepter l'idée qu'il était bien en train d'assister à la préparation d'un suicide vertical. Judith, sa Judith, s'apprêtait à passer sa tête dans le nœud ! Recouvrant ses facultés, il décrocha le téléphone pour tenter d'avertir quelqu'un — mais qui ? — au moment où, grâce à Dieu peut-être, elle redescendit de son tabouret. Haletant, suintant le kava, il raccrocha le combiné et, les yeux vrillés vers la fenêtre, scruta la silhouette qui retourna sur le lit, vers son cahier.

Ce soir-là, dans l'émotion tremblotante, alcoolisée, où il se trouvait, Alexandre résolut de faire irruption dans sa vie, de lui offrir sans délai sa plus pénétrante attention, ce baume qui, parfois, soulage un peu d'exister et écarte des gouffres. À une heure aussi tardive ? L'idée pouvait paraître déplacée ; mais il connaissait désormais son secret, l'horrible désir morbide qui la talonnait. En regard de cela, le masque des convenances, les grâces bien élevées n'étaient plus de saison. Incapable toutefois d'élaguer ses pensées, il se résigna à attendre le lendemain matin.

Sitôt réveillé, guéri par la nuit de sa panique, Alexandre quitta le dos de Jeanne, descendit dans la rue et se posta dans sa jeep, muni d'un vieux journal australien (à Port-Vila, les nouvelles imprimées arrivaient sans souci de ponctualité, souvent déjà éteintes, de sorte que le papier jaunissait en même temps que l'événement). À l'affût derrière des pronostics sportifs caducs, il guettait donc toutes les femmes qui sortaient du 33 de la rue La Pérouse. Dès qu'une passante surgissait de la porte, il comprimait toute sa molle personne au fond de son siège. En se dissimulant ainsi, il n'apercevait rien de plus que le ridicule de sa posture. Et puis, qu'allait-il dire à Judith pour l'apprivoiser sans s'imposer ? Pour engager leur relation sur un ton d'extrême vérité, sans l'effrayer, en se maintenant sur la surface rassurante d'une première rencontre ? Ses traits lui plairaient-ils ? Il n'eut pas le plaisir chatoyant de s'en assurer ; elle ne se présenta pas.

Les jours suivants, toujours embusqué derrière une actualité australe immobile, il ne vit pas plus Judith sortir ; et le soir, elle avait cessé de le tracasser avec ses jeux de corde. Croupissant à l'étuvée derrière son volant, Alexandre ne comprenait pas. Se levait-elle très tôt ? Ou vers midi ? Cinq brèves matinées plus tard, un événement inattendu lui répondit.

Brusquement, la portière avant droite de sa voiture s'ouvrit. Une femme fit irruption, annoncée par un parfum qu'il connaissait... celui du dos qui partageait son lit!

— Qu'est-ce que tu fais là?! À quoi tu joues depuis trois jours? lança Jeanne. Tu me surveilles?

Saisi par une profusion de trouble, il articula une sottise, un argument truqué, péniblement. Que dire? Là où il se trouvait, il avait effectivement l'air de surveiller les allées et venues du hall de leur immeuble! Dans la voiture, Jeanne était de profil, tremblante, à peine précédée par son petit nez parfait, suivie par une queue-de-cheval rebelle, enveloppée d'exaspération, le teint repeint par le soleil d'Océanie, irrésistible malgré elle. Elle faisait trente ans, et semblant de se maîtriser, de délayer sa colère.

— Alors? reprit-elle.

— Alors... oui, s'entendit-il répondre. Je suis jaloux.

Ce mensonge improvisé présentait un air de vérité, le mérite d'être touchant. Cette fausse monnaie laissa Jeanne muette, épinglée par l'étonnement. L'aveu n'était pas dans les façons d'Alexandre.

— Tu m'aimes...? murmura-t-elle, avec une fragilité qu'il ne lui connaissait plus.

À son tour, Alexandre demeura interloqué. La physionomie de Jeanne disait sa stupeur de le voir éprouver pour elle un sentiment proche de l'attachement. L'indifférence était devenue leur province depuis si longtemps. Il y eut alors un instant miraculeux, d'émotion transparente où Alexandre aperçut une femme qui, peut-être, n'avait pas totalement renoncé à lui. Il demeura tétanisé par son regard liquide, soudain gonflé de pleurs retenus. Elle tenta quelques paroles, esquissa un sourire chiffonné et sortit de la jeep. Rien de plus.

Au dîner, ils tentèrent de fêter le trente-troisième anniversaire d'Alexandre. Leur mutisme fut d'une autre qualité que les autres soirs. Mais ils ne parvinrent pas à trouver les mots qui déchirent les silences et tirent le fil des vraies conversations. Jeanne lui restait impénétrable, heurtée une fois de plus de ne pas avoir été devinée. Leurs écluses ne cédèrent pas. Les bougies soufflées, il partit se réfugier dans sa chambrette, au dernier étage. Quelques minutes plus tard, l'ombre de Judith se profila derrière les rideaux. À nouveau, et cette fois sans hésitation, la silhouette avança un tabouret, fit un nœud coulant avec la corde, l'accrocha au plafond et passa sa tête dans la boucle.

Ahuri, ne sachant comment arrêter ce film muet, Alexandre ouvrit sa fenêtre sans réfléchir, saisit la bouteille de kava et la lança de toutes ses forces sur les flaques de lumière des vitres de Judith. Deux étages plus bas, la fenêtre explosa dans un souffle rauque, laissant voir soudain l'obscurité qui régnait dans cette pièce. Il n'y avait personne! Le néant! Judith n'existait pas.

Alors se produisit la seconde décisive, celle qui allait brusquement mettre un terme à la formidable suffisance d'Alexandre et dominer son sort. Livide de stupeur, il ne comprit pas tout de suite que sa Judith n'était que le reflet de Jeanne. Son image était venue frapper les fenêtres sombres de l'appartement d'en face, inoccupé. Agissant comme un miroir plein de dérision, les lames de verre lui avaient renvoyé la vie secrète de Jeanne. Pendant des semaines, Rivière avait été émoustillé par la silhouette inversée de sa propre femme! Infidèle en songes, il avait rêvé à son insu de celle-là même qui lui infligeait sa ténébreuse rancune depuis tant d'années. C'était bien Jeanne qui lui avait procuré tous les miels de l'érotisme de l'attente, tous les rutilants plaisirs de l'espérance, elle pour qui il ne bandait plus que par politesse!

Mais en une fraction de seconde, il lui apparut surtout qu'il ne connaissait rien, ou presque, de cette femme opaque qui, le soir de son anniversaire, était sur le point de lui infliger son suicide. Quels étaient les dégoûts délétères de Jeanne? De quels labyrinthes intimes la mère de ses enfants était-elle prisonnière? Ses interrogations réelles et ses découragements aggravés? Indéniablement, sept ans auparavant, il s'était arrêté au bord de Jeanne. Depuis toujours, il était passé au large de la vérité de sa femme, et surtout de lui-même en face d'elle. Sa prétendue moitié, sa compagne de tous les jours lui était une inconnue, à peine frôlée, un au-delà énorme mal deviné. Il n'avait rien vu venir. Enchâssé dans sa bêtise, il avait cru Jeanne solide, sans noter tout le maquillage social qui dissimulait ses bleus à l'âme. Il s'était interdit d'éprouver ce qu'elle sentait, comme pour mieux éviter sa déception de n'être que lui, cette nausée qu'il avait toujours cachée sous des dehors frétillants, dans des rires forcés ou en fixant sur ses traits de perpétuel jeune homme un simulacre d'enthousiasme. Comment accepter les vertiges de l'autre quand on se sait soi-même devant un abîme insondable? En cet instant crucial, tout cela lui revenait dans la face, sa petitesse en plus.

Que l'on se rassure, Jeanne ne se supprima pas ce jour-là; le vacarme de l'explosion de la fenêtre, de l'autre côté de la rue, la sortit à temps de son hypnotique désir de mort. Mais à compter de cet instant, secoué par l'effet de souffle de ce coup de théâtre, Alexandre résolut de découvrir la vérité de sa femme, le goût inouï de cette fille qui avait besoin d'infini; quitte à la désaimer pour de bon, à débusquer sous les airs rassurants et réservés de Jeanne un personnage excessif qui le paniquerait, un miroir affolant, un tremplin vers ses propres vérités. Qui était donc celle qu'il avait épousée? Qui était cette cher-cheuse d'absolu qui, pendant sept ans, n'avait cessé de le protéger de ses propres abîmes, de la fièvre de ses contradictions et de ses désirs véritables ? Cette question glissante, pleine de désordres et de révolutions conjugales, allait désormais gouverner Rivière. Sept années de tricheries l'avaient attendu pour lui proposer enfin ce rendez-vous avec qui ils étaient réellement. Ce jour-là, Alexandre entra dans la vraie vie.

Le cahier rouge de Jeanne se trouvait à peine dissimulé, posé sur sa table de nuit, comme si elle eût voulu qu'Alexandre le lût enfin, pour la délester de ses secrets. Cette pensée furtive accompagna son geste lorsqu'il s'en saisit, dès le lendemain. Sur la couverture, un titre alertait, claironnait qu'il serait question dans ces pages de la chronique de leur déconfiture : *Autobiographie d'un amour*. Il soupesa le cahier, hésita un instant à s'infliger une pareille lecture, une telle plongée dans les arcanes de celle qu'il croyait connaître depuis sept ans. Devant lui, Alexandre tenait la vérité de sa femme, toutes ses vérités, celles qu'on ne murmure qu'en asséchant des stylos, celles qui violent la décence, ébrèchent forcément l'amour-propre et se moquent de la pudeur. L'insoutenable était là, il le pressentait : le regard brut que Jeanne portait sur lui, dénué de ce molleton de précautions qui rend

35

les coups moins sévères, les blessures moins définitives.

Il ouvrit le cahier rouge et, blême, s'engagea dans le premier chapitre de ce journal comme jadis les soldats de la Grande Guerre se colletaient avec le feu en escaladant le parapet dans les plaines des Flandres. Quelques pages plus tard, il s'étonna d'être encore vivant, à peine esquinté, toujours debout. Jeanne ne tirait aucune baïonnette contre lui, se contentait d'écrire qu'elle rêvait d'alcools plus forts, d'une vie aux angles vifs, selon son cœur excessif; elle était chagrine de ne pas avoir réussi à enchaîner un peu plus de bonheur parfait, essayait sur elle-même ses sarcasmes, affûtait des reproches sommaires en se les adressant.

Mais le deuxième chapitre le percuta. Les premières pages, cinglantes, ne procurèrent d'abord à Rivière qu'une volée de vexations. Jeanne y racontait combien elle s'était sentie niée, récusée dans son être, pendant les sept années de leur lent fiasco déguisé en bonheur acceptable. Elle le découpait en séquences, ce mensonge de bonheur souriant, et rapportait par le détail une anecdote, frêle à ses yeux, qu'il avait d'ailleurs oubliée, une de ces fautes qui pourtant blessent une femme dans la région du cœur où s'inscrivent les amertumes ineffaçables.

Le soir de leur nuit de noces, à Nouméa, Jeanne se souvenait comment, alors qu'elle s'était se ressentait dans le tremblement de l'écriture les détails d'un autre souvenir amer. Dans les suites d'une fausse couche, Alexandre l'avait poussée à subir un curetage, une manière de révision utérine banale et nécessaire. Aucune urgence ne la talonnait, mais il avait insisté pour que cela se fît dans *ses temps* à lui. Pressé de se débarrasser de son chagrin particulier, Alexandre n'avait pas attendu que Jeanne eût accompli son deuil de n'avoir pas fait souche en cette occasion. Tout était dit dans cet épisode cruel où, d'une difficulté assez courante imposée par le sort, il avait fait un drame aggravé en niant la sensibilité de Jeanne, en lui refusant le droit d'aller mal, aussi longtemps qu'elle en éprouverait l'affreuse nécessité. Il avait ainsi toujours tenté de juguler des épanchements qui l'affolaient par leur durée, trop brève pour elle, interminable pour lui. Inquiet de s'approcher d'un malheur qui aurait pu faire vibrer trop vivement le sien — qu'il récusait —, si prompt à croire qu'il allait s'y engloutir, Alexandre se cabrait et, d'autorité, assignait aux choses un rythme propre à lui éviter l'asphyxie. Toujours, il s'était ingénié à conserver la maîtrise de leur vie si peu commune — dès la première nuit de leur mariage, avec ce réveil —, comme s'il eût craint en laissant toute latitude aux désirs de Jeanne, et aux femmes en général, d'être mené par une force incontrôlable. Là était bien sa minable arrogance, pitoyable en définitive, dans cette frayeur qui faisait de lui un joueur de tennis incapable de disputer un match à deux; au fond, Alexandre le faible eût préféré jouer seul.

À nouveau, son irrespect aveugle éclatait, cinglant, dans le récit de cette sinistre intervention hâtée. Mais il atteignait l'irréparable quand Jeanne confessait son désappointement que leur sexualité fût à présent si désynchronisée, qu'Alexandre ne se fût pas aperçu que son ancien goût pour la lenteur dans les gestes qui mènent au plaisir l'avait en partie quittée. Au fil des ans, elle s'était découvert une envie d'audace dans la façon d'être prise, de rupture dans les rythmes de leur érotisme fatigué, le besoin même d'être forcée, emmenée loin de ses balises ordinaires par l'homme qu'elle aimait, conduite par lui seul jusqu'au cœur de ses peurs les plus tentantes. Jeanne lui en voulait qu'il n'eût pas deviné qu'elle souhaitait désormais être *sa chienne,* et regardée comme telle, parfois, dans le clair-obscur de leurs soirées mitonnées; mais ce désir brutal mélangé de crainte n'était pas si clair qu'elle pût le formuler sans gêne, car cet homme — son mari — était aussi le père de ses enfants, l'individu qui beurrait les tartines de la famille au petit déjeuner, celui qui figurait dans sa vie officielle, au bras de la femme dégagée de tout instinct excessif qu'elle s'appliquait à jouer en société. Jeanne n'était donc pas sûre de souhaiter

que ce même homme la vît ainsi, qu'il pût super-
poser sur leur quotidien réglé les images d'elle
abandonnée à ses dernières pulsions, rageant
dans le plaisir de n'être pas affranchie une fois
pour toutes de ses pudeurs. Pourtant, c'était bien
avec lui, dans la sécurité de leur amour ancien,
qu'elle eût voulu se risquer sur ces pentes où tout
l'être engage sa bestialité pour mieux se refaire
une âme. Jeanne aurait adoré qu'il fût assez
homme pour saisir tout cela et suffisamment
gentleman pour, le lendemain, ne pas lui rap-
peler quelle fille elle avait pu être dans ces heures
pleines de sueur. Mais, prisonnier de ses rôles
anciens, Rivière n'avait rien perçu, rien respiré
de cette métamorphose suscitée par de nouveaux
appétits pour des jeux et des assouvissements
inédits, plus sauvages ; Jeanne s'en désolait. Ce
qu'elle avait longtemps espéré de lui, ni elle ni lui
ne le savaient exactement ; et c'était bien cet
inconnu total dans l'amour physique qu'elle
désirait à présent, aspirant ainsi à faire vivre en
elle la femme qu'elle pressentait. D'une certaine
licence sexuelle improvisée ensemble, Jeanne
attendait une collision décisive avec sa vie
inconsciente ; car leurs ébats ne lui révélaient
plus rien d'elle-même depuis longtemps. Au
surplus, elle en voulait à Alexandre qu'il n'eût
pas su trouver en lui cette virilité sûre qui n'af-
fleurait toujours pas dans ses gestes d'homme
trop vert. Elle le sentait incapable d'encaisser le

choc des initiatives érotiques déroutantes qui lui laisseraient à elle la divine possibilité de ne plus se maîtriser du tout, de libérer tout à fait ses instincts. Pour cela, il lui fallait un homme, éperdument masculin, pas un délicat gringalet terrifié à l'idée de goûter à une telle liberté.

Plus il lisait, plus Rivière était atteint au cœur par cette confession sévère qui le giflait, le disqualifiait presque. L'air humide se chargeait autour de lui d'un lymphatisme exténuant, épaissi de l'écho de ces reproches. Et tandis que Jeanne se plaignait dans un court paragraphe qu'il mentît si souvent pour maquiller la réalité, Alexandre commença à éprouver toute l'insupportable tristesse qui accaparait sa femme. Jeanne y avouait en termes exaspérés que lorsqu'il rectifiait la vérité pour la colorer plus vivement, elle se sentait appartenir elle aussi à cette foutue réalité en demi-teintes qu'il regardait comme insuffisante ; et comment un découragement immense, drastique, la mordait chaque fois. Il lui semblait alors qu'elle ne parviendrait jamais à lui faire aimer l'émotion simple que lui procuraient la vie et les nuances de sa propre vérité, qu'il lui faudrait toujours rejoindre Alexandre dans ses songes pour déguster des bribes furtives d'existence à deux. Elle ne comprenait pas comment il n'avait jamais saisi qu'une femme comme elle ne respirait que pour partager, si possible avec celui qu'elle tâchait d'aimer ; et que cette quête était toute sa vie.

41

Cette révélation eut sur Alexandre le plus grand effet. Toute la bêtise incluse dans son attitude rétive lui apparut nettement ; et, tout à coup, il fut touché par la beauté du besoin de Jeanne d'exister surtout par les liens qui la constituaient, d'engager toute son athlétique sensibilité, et non un mince reliquat d'attention, dans ce qui était pour elle comme une vocation, une religion de la communion. Pour la première fois, alors qu'elle se mettait à nu plutôt que de le larder de reproches, il se sentit très amoureux de la noblesse de sa femme, si tournée vers la part d'éternité disponible dans les vétilles qui font le quotidien. Jeanne était toute cousue de confiance dans la vie.

Remué et ratatiné par cette exploration des perceptions de son épouse, Alexandre se découvrait aussi un grand sentiment de sécurité de voir tout à coup derrière les apparences, d'entendre l'énorme souffrance que Jeanne s'était effectivement enquillée au cours de leur histoire, et qui était encore un peu sur elle. L'arrière-plan de leur amour, subitement mis au clair, devenait un point d'appui, une réalité enfin fiable et, étrangement, ça le rassurait de prendre connaissance de cette manière de rapport médico-légal de leur échec. Mais l'imprévisible, le grand revirement du destin d'Alexandre n'eut lieu que lorsqu'il eut achevé le chapitre suivant, l'épisode médiocre du cocufiage.

Jeanne y racontait son écœurement de l'avoir trompé, sa déception qu'il ne se fût pas battu pour la conserver. Elle en était toute défaite, pas triomphante ni colérique. Qu'il l'eût laissée s'engager dans cette liaison sans flonflons, qu'il n'eût pas su l'empêcher de partir pour d'autres bras faisait naître en elle une houle de ressentiments, les verdicts les plus dépités à son endroit ; car Jeanne n'était pas femme à s'être donnée à un homme sans lutte, sans ces déchirements qui vous détricotent une certaine idée de soi. À présent, elle haïssait froidement Alexandre d'avoir dû renoncer à son rêve d'un amour scintillant, serti de promesses tenues, poète et suffisant, dans lequel elle aurait dépensé tout son besoin d'absolu. Elle le haïssait d'avoir goûté à son amant dans l'inconfort de la culpabilité, à l'abri de mensonges rafistolés les uns derrière les autres, alors qu'elle raffolait de la vérité, Jeanne, du plein soleil et des sentiments qui s'affichent avec bonheur, et un zeste de fierté. Elle le détestait également, ce pauvre Alexandre, parce qu'elle aurait aimé s'aventurer dans le maquis de ses désirs de femme avec son mari légitime, dans cette assurance-là, avec ce corps d'homme qui l'avait malgré tout défrichée, pour mieux dégringoler ensemble dans les précipices charnels, loin des procédures à la pépère qui faisaient leur ordinaire. Se montrer femelle avec un inconnu, ça la

43

gênait vraiment; la peur aussi s'en était mêlée, celle qui gâte les plus beaux abandons.

Alors, nécessairement, tout cela avait fini par faire du mépris, une belle quantité de mépris que Jeanne détaillait ligne par ligne dans son journal. Mais Alexandre comprenait à présent ce qui faisait mijoter ce venin, tout en découvrant inopinément qu'il aimait follement celle qui consignait dans ce mince cahier sa considérable amertume. Oui, à mesure qu'il lisait, il s'éprenait davantage des fragilités de cette femme qu'il n'avait pas su voir pendant sept années de ratages additionnés, stratifiés, au point que, cernée de solitude et sans qu'il saisît bien pourquoi, l'envie de mort vînt sournoisement la côtoyer. Cette vérité écrite qui, en s'effeuillant, l'avait d'abord déchiré, finissait à présent par l'émouvoir, lui, le mari refroidi et trompé, par faire triompher chez Rivière un désir tout neuf d'aimer la véritable Jeanne, dont les attentes réelles lui donnaient le goût des siennes, cette Jeanne authentique avec laquelle il se voyait bien faire l'amour sans correction, en y mettant une extraordinaire douceur et assez de brusque violence pour que le sexe devînt enfin entre eux une incursion dans le sublime. Loin de concevoir du chagrin de son cocufiage — même si, fatalement, ça l'irritait un tantinet —, Alexandre se trouvait soudain dans l'ivresse profonde d'un amour rénové qu'il savait hors délai, tant le mépris de Jeanne éclatait à présent de façon irrémédiable.

Cette résurrection brusque de sentiments anciens et virulents le laissa pantelant, abattu par la stupidité de la situation. L'évidence gênante était là : trop tard, il était trop tard pour imaginer l'aimer encore, pour que Jeanne pût soigner toutes les émotions laides qu'il lui avait laissées dans le cœur, elle qui était faite pour remplir ses journées de sublime et se livrer entièrement dans la perfection d'un amour ailé.

Alors, tournant les pages, Alexandre chercha à lui en vouloir à son tour, à lui dénicher de ces défauts rédhibitoires qui laissent une chance au désamour ; mais l'exposé minutieux de leurs malentendus, ce tragique tableau d'eux, ne faisait qu'augmenter sa compassion, et l'élan de tendresse qui le portait malgré lui vers elle. Il n'était pas d'initiatives qu'il eût prises dans leur vie de couple qui n'eussent donné lieu à une méprise de Jeanne, si éloignée de ses intentions ; cet écart constant, atterrant, acheva de le désespérer. Lui refilait-il une part de son traitement pour contribuer aux dépenses ordinaires de leur famille ? Elle en éprouvait une humiliation instantanée, heurtée qu'elle était de se voir placée dans une position semblable à celle de sa mère, jadis si soumise, si prompte à la reptation devant les oukases de son mari ; attitudes que Jeanne, petite fille, exécrait jusqu'au vomissement. Une sorte de démangeaison psychique l'assaillait alors, vingt ans plus tard, et la précipitait dans une telle angoisse qu'elle s'appliquait toujours à ne pas dépenser pour elle le moindre centime de la mensualité qu'Alexandre lui versait. Dans l'idée de Jeanne, seuls leurs deux enfants devaient jouir de cette somme qui la souillait, pensait-elle. Tous les mois depuis sept ans, Alexandre lui avait donc fait un chèque avec un plaisir certain, tout en ignorant jusqu'à ce jour l'inquiétude ancienne que ce don réveillait. Loin de lui en savoir gré — ce qu'il aurait apprécié —, Jeanne recevait cet argent chaque fois avec une colère domptée, sans oser le dire ou le lui faire sentir — et ce mutisme augmentait encore son fiel —, car Jeanne se persuadait depuis des lustres, en secret, que le confort qu'il lui offrait diminuait son aptitude à façonner sa propre vie, que l'opium de cet argent bridait ses élans, et ses désirs.

Cet aveu griffonné avec acrimonie — la pression du stylo sur le cahier l'attestait — laissa Alexandre bouleversé, tout comme le passage où Jeanne s'étonnait qu'il ne comprît pas son langage à elle, cette façon indirecte qu'elle avait de lui signifier par des actes son attachement, bien nettement pensait-elle, plutôt que de s'enliser dans de fortes phrases si vite usées. L'affligeante cécité d'Alexandre, aux yeux de Jeanne, était manifeste dans le récit d'un épisode ridicule. Trois ans auparavant, elle lui avait offert un pantalon de toile, choisi avec un soin plein d'amour dans une boutique de Sydney; il avait négligé de l'essayer pendant cinq jours, alors qu'elle — Jeanne en était certaine — l'aurait porté aussitôt. Alexandre avait beau lui seriner à satiété qu'il l'aimait, lui roucouler des sentiments éruptifs, Jeanne ne pouvait se défaire de l'idée que son comportement disait très exactement le contraire de ses mots ambitieux. Elle avait été blessée qu'il n'eût pas imaginé un instant qu'elle avait passé un temps précieux à choisir ce pantalon, qu'elle avait longuement parlé avec le vendeur de son mari, de ses inclinations, de son incertaine silhouette d'homme qui n'aimait guère son corps, et que toutes ces heures et cette attention dépensées étaient incluses dans ce vêtement de toile ! À l'époque, Alexandre n'avait pas compris pourquoi, un soir, il l'avait retrouvé dans le bas de son armoire, les deux jambes lacérées. Aujourd'hui, il saisissait mieux quelle rage avait signé cet avertissement ; il était horrifié de découvrir l'insoutenable solitude de celle avec qui il croyait couler des jours communs.

Ce mot — *avec* — revenait en rafale dans le cahier, ponctuait ces confessions ; car il était bien clair qu'Alexandre avait toujours tout fait *pour* Jeanne et non *avec* elle. Or elle ne voulait rien qu'il n'eût d'abord convoité, espéré, conduit ou conçu *avec* elle. Là était son attente, dans cette exigence tenace qui n'avait cessé de la lancier que lors des trop rares minutes de rencontre réelle avec lui. Privée de cela, et de plus en plus à mesure qu'Alexandre avait négligé sa vérité, elle avait eu le sentiment d'entrer dans une nuit vide d'absolu que ne parvenait même plus à éclairer sa passion pour leurs enfants. Jeanne n'était pas très douée pour les demi-mesures que tolèrent les êtres de compromis, pour se cramponner à un sort imparfait. Elle était incapable de goûter une existence où l'éternité d'un amour n'occuperait pas toute la place. Sans cet oxygène, le seul qui lui convînt, elle ne concevait pas de supporter la somme de provisoire qui compose l'ordinaire des jours. L'illimité était sa seule mesure, son horizon très naturel, pas négociable. Alors, elle s'était mise à penser, non, à sentir spontanément, qu'il ne lui restait plus qu'à mourir de chagrin, d'un opulent désespoir. Son amour en qui elle avait placé tout son capital de pureté faisait-il faillite ? Elle en tirait sa conclusion, aussi magnifique qu'enfantine, à peine concevable comme tout ce qui constitue la trame de la vie que l'on dit réelle. Méconnue par l'homme à qui elle appartenait, n'ayant plus envie de se tortiller pour capter un intérêt désœuvré, elle ne voyait plus la nécessité de continuer d'exister. Condamnée à en regarder un autre, elle s'en était trouvée souillée, dépouillée de son plus grand rêve. Confiante dans la capacité d'Alexandre de s'occuper seul de leurs petits, elle était résolue à s'effacer de la lugubre fiction d'un mariage qui n'était plus fait pour elle, dans lequel elle ne parvenait plus à s'estimer. Voilà ce que disait le cahier, sans emphase, ce qui laissa Alexandre dans une émotion considérable, éperdu devant cette femme si entière, et solidement dégoûté de n'être pas aussi grand qu'elle.

Jeanne n'envisageait même pas de revenir sur sa haine, de bricoler une résurrection de leurs ardeurs. Alexandre l'avait perdue, sans appel. Il n'était plus temps de réouvrir le dossier. Alors, conscient de l'irrémédiable, il fut saisi de colère d'être aussi impuissant à délivrer Jeanne d'elle-même. Inapte à soigner les frustrations qui la mordaient, il pivota vers le plus noir dépit; car si son amour ne faisait rien circuler d'heureux, de fécondant et de libérateur dans l'existence de sa femme, Alexandre se trouvait indigne de sa passion. Vaincu par sa propre bêtise, pénétré de l'idée que leur histoire était irréparable, déjà inerte dans le caniveau, il décida de parer au plus urgent : sauver la vie de Jeanne en la forçant à vivre, pour leurs enfants. Étonnante astreinte dictée par l'amour le plus désintéressé! Le jour même, le 14 avril 1977, Rivière rassembla quelques effets, monta dans le premier avion pour l'Australie et disparut. Le cahier rouge était resté ouvert sur leur lit, bien en évidence, tel un aveu elliptique et grandiloquent, donc ridicule; ce message fut le seul qu'il laissa. Jeanne ne revit jamais Alexandre.

II

Les gens n'ont pas de problèmes parce qu'ils raison-
nent froidement, intelligem-
ment, logiquement. Ils ont des
problèmes parce qu'ils sont
déraisonnables et illogiques.
Par conséquent, si vous voulez les aider, vous devez les
rencontrer sur leur terrain, le
terrain de l'illogisme.

MILTON H. ERICKSON

Condamnée à vivre, Jeanne oublia de se suicider, révisa ses chagrins, désormais trop ambitieux pour cette mère seule. La nécessité fit d'elle une institutrice corvéable chaque matin, en remplacement d'Alexandre. Cette solution provisoire devint son sort, presque officiel, et, par la grâce des primes, un assez lucratif gagne-pain. Résignée à n'être plus qu'une machine à élever ses enfants, elle se vissa dans des habitudes professorales qui la soutenaient, une existence automatique qui la dispensait d'être, et des incroyables tracasseries existentielles qui vont avec. Ce mensonge de vie, puisqu'elle était à peine dedans, se perpétua aux Nouvelles-Hébrides, au cas où Alexandre aurait eu la fantaisie de réintégrer sa peau et sa place à table.

Au fil des mois, Jeanne vadrouilla de temps à autre dans de moelleuses nostalgies, refusa longtemps l'idée de l'amour et se saoula d'amertume. Puis, sans guérir du souvenir d'Alexandre, elle se découvrit différente, plus vivante aussi loin des attentes d'un homme, intéressée par la femme moins boulonnée de certitudes qu'elle sentait frémir en elle. Il y eut alors, certains matins tropicaux, des heures de solitude exquise, une manière de noces avec elle-même. Une vraie joie du dedans la surprit dans ce chagrin qu'elle croyait définitif, en ces moments où les couleurs et les émotions ne sont pas encore mangées par la chaleur. L'envie de se plaire lui revint, prélude à celle de plaire. Elle prit même plaisir à fréquenter l'univers élargi de la jeune femme qu'elle était sans mari. Et c'est ainsi que Jeanne déménagea avec ses enfants, Max et Bérénice, pour installer de nouveaux désirs dans une frêle maison de bois, posée sur une prairie d'Océanie et cernée de vérandas, face à l'océan tiède. Sous un vaste toit de tôle rouillée, elle se réinventa une vie. Son seul désarroi persistant tenait à l'incroyable difficulté d'être de Max et Bérénice, résolus à faire payer au genre humain, et à leur mère en particulier, leur contrariété amère que leur père les eût, en s'éclipsant ainsi, comptés pour presque rien. Praticiens de la révolte, ils étaient devenus; surtout Max, raidi, qui peinait à retrouver un peu de son naturel désinvolte et poète. Quand, le 14 avril 1979, un homme qui aurait pu être Rivière descendit de l'avion, à Port-Vila.

Le profil du voyageur était très proche de celui

du mari de Jeanne; mais son profil n'était pas appuyé sur l'esquisse de double menton qui alourdissait la figure affaissée d'Alexandre deux ans auparavant. Le regard aussi était plus nerveux, plus fouilleur, inaccessible et triste à la fois. La silhouette, amincie, respirait une virilité solide, follement instinctive, ratifiée par un port de tête inaltérable, soutenu par une cariatide rigide; c'était comme si, sur la piste brûlante de l'aéroport, on avait vu débarquer un morceau d'autorité flagrante. Tout dans son indéniable beauté — qu'il semblait ignorer ou négliger — rappelait aux femmes qu'elles ne seraient jamais délivrées de l'attrait d'une masculinité féline, insolente. Que c'est tonique à désirer un homme qui a déjà trébuché, et vaincu ses propres découragements! Un parcours abrupt, gouverné par un goût prononcé pour l'infini, se devinait sur sa physionomie entière, plus intéressante que celle d'Alexandre si juvénile dans ses expressions, trop lisse et poupine naguère. Le visage absent de cet homme était accaparé par une vie intérieure qui lui tenait lieu de quille; il ne se sensibilisait que par instants, lorsque l'onde d'une pensée glissait sur ses traits. Sa figure maîtrisée lui échappait alors, se tordait brièvement de douleur, trahissant ainsi qu'il avait renoncé à se cuirasser tout à fait. À la douane, il demeura discret dans la queue, presque gêné de l'effet évident que sa personne réservée et magnétique produisait;

puis il présenta un passeport qui certifiait qu'il s'appelait bien Rivière. Seul le prénom étonna le fonctionnaire de police qui avait cru l'identifier : Octave.

— Un avis de recherche a été lancé depuis un an et demi..., balbutia-t-il, qui concerne un... Alexandre Rivière.

— Mon frère? fit l'homme interloqué, avec une pointe d'accent néo-zélandais. Je le cherche, moi aussi.

Le douanier au regard visqueux, très ralenti par le climat, le pria de passer dans le bureau d'un rigide inspecteur britannique, tout bombé de son officielle suffisance. Aux Nouvelles-Hébrides, l'administration franco-anglaise était, en ce temps-là, encore maîtresse de cette colonie bicéphale où frémissait un double nationalisme pointilleux. Octave Rivière parut contrarié quand on lui apprit qu'Alexandre, son frère jumeau, s'était carapaté depuis deux ans. On lui enjoignit de se laisser photographier, pour satisfaire aux nécessités de l'enquête. L'officier constata que les oreilles d'Octave étaient légèrement plus décollées que celles d'Alexandre; il ignorait que ce dernier avait fait rectifier cette menue disgrâce huit ans auparavant, en se livrant au scalpel d'un praticien de Melbourne. Le mot bref, Octave ne fut pas long à s'extraire de cet entretien sur lequel planait une suspicion très policière. Il en sortit muni de la nouvelle adresse de sa belle-sœur.

Quand Jeanne ouvrit la porte, elle découvrit un Alexandre élégant qui ne la reconnaissait pas.

— Madame Rivière, je présume ? hasarda Octave, en risquant un sourire qui épingla la jeune femme.

Ce sourire-là était à peu près celui que Jeanne avait désiré en vain d'Alexandre depuis la première heure de leur mariage : enfin viril, lesté d'intériorité, timide aussi, exempté du médiocre souci de plaire. Mais une présence différente de celle de son mari se lisait dans le furtif pincement des lèvres. Son regard sans peur, enfermé dans des yeux de mercure où se concentrait toute sa vigoureuse nature, reflétait une exceptionnelle pureté, un fulminant désir d'être vrai. Jeanne resta pétrifiée, étourdie par cet homme inaccessible, doté d'exceptionnelles réserves de volonté, cet autre Alexandre qui, pourtant, ne pouvait être que lui. Sous la véranda régnait une immobilité qui asservissait les êtres et les choses. Un ventilateur obstiné brassait le silence, soudain épais entre eux, difficile à lézarder. L'érotisme dont était chargé leur embarras imbiba l'air quelques instants ; puis Jeanne ajusta son ironie :

— Tu étais parti chercher des cigarettes ?

— Vous êtes sa femme ?

— Tu te fous de moi ?

— Je suis Octave. Je peux entrer ?

L'accent néo-zélandais, à peine disséminé sur ces quelques mots, acheva de la décontenancer un instant. Jeanne partit ensuite dans un fou rire, une cascade de sons décapités, fracturés, un accouchement de toute la colère dont elle était grosse depuis deux ans. Octave demeurait attentif, très figé, accueillant sans trouble de surface le doute nerveux de la jeune femme. Et ce rire excessif, du fait même qu'il ne parvenait pas à éclabousser le calme de son interlocuteur, parut à Jeanne déplacé. Elle s'arrêta, essaya de fixer le feu froid des yeux du visiteur et lui dit enfin :

— Vous êtes Octave ? Vraiment ?

— Octave Rivière, répondit-il en lui tendant la main.

Il s'avança et, au moment précis où elle allait saisir sa main droite, l'homme ferma brusquement le poing. Surprise, Jeanne resta un instant déséquilibrée et, l'espace de quelques secondes, oublia tout esprit de moquerie ou de doute. Profitant de la brèche ainsi ménagée dans ses préventions, Octave ouvrit alors les doigts. Jeanne accepta cette poignée, tout en sentant vivement combien lui serrer la main, c'était rencontrer l'exigence. Alexandre, si enclin à céder aux femmes, à l'Océanie molle et à lui-même, n'avait jamais eu la présence détachée de cet homme qui, on le devinait, luttait à chaque seconde pour se sauver de la médiocrité. Cette différence de trempe était tout entière dans la poigne d'Octave, ce serrement qui ne s'effritait pas sur la fin.

Encore désorientée, Jeanne le fit entrer. Les

enfants jouaient au loin sur la plage, dans une poudre de soleil, sous des chapeaux tressés. Dehors, pas une particule n'échappait à la léthargique chaleur qui vautrait tout. L'océan, privé de sa houle, étalait sa torpeur horizontale vers le grand large ponctué d'îles volcaniques. L'eau paraissait à cette heure une flamme liquide, lisse jusqu'à Papeete. De hauts acajous tremblotant dans les alizés les séparaient de ces bleus insistants, de la lumière verticale du dehors, dévoreuse d'ombres, qui se faufilait dans la maison au travers des stores chinois de papier brun, comme des feuilles mortes en espaliers. Octave resta silencieux devant cette nature sans automne, jamais fatiguée, cet incendie moite répété à l'infini ; mais son silence n'était pas semblable à ceux d'Alexandre, tout en retrait lors de ces parenthèses muettes qui, jadis, faisaient saigner Jeanne. C'était un silence heureux, bon à vivre, qui s'entêtait à leur faire de la place, un moment étiré tout exprès pour eux, sans malentendus, où respirer ensemble parut délicieux à Jeanne, encore tout époustouflée de surprise. Elle sentit bien alors qu'Octave savait créer en lui ces vides qui ne sont pas creux, ces zones de recueillement où s'affermissent les sensations éparses, encore diluées.

Octave se retourna enfin. La caresse de son regard en coup de fusil — qui cependant évitait toujours ses yeux — étonna Jeanne, heurtée par la douceur soudaine de cet homme dont la note dominante était la virilité la plus sauvage, sous une fine pellicule d'éducation. Derrière ses pupilles volontaires se formaient déjà les réflexions qu'il avancerait ensuite en stratège. Mais il se retint, rassembla dans une attitude moins éparpillée son grand corps un instant négligé. À nouveau il parut sur le point de prendre la parole, comme s'il émergeait des nostalgies qui venaient de l'enserrer, suscitant aussitôt chez Jeanne le désir qu'il parlât.

— Quoi? fit-elle.

— Dans l'avion, j'ai rencontré une femme ridicule, trop parfumée, qui vous aurait fait sourire, le genre de petite Blanche incapable d'accepter l'évidence, attachée à sa première idée, vous voyez? Une rombière un peu limi-tée, un rien venimeuse, tranquillement raciste, étriquée...

Le ton d'abord railleur puis teinté de mépris dont il venait d'user ne donnait guère envie d'être associé à cette passagère ; et soudain, après un silence où Jeanne put se pénétrer de l'idée que cette femme boursouflée de médisance incarnait tous les clichés du colon hébridais, il ajouta :

— Elle était persuadée que j'étais Alexandre. Ils se connaissaient, je crois... Mme Lebranche.

— Oui, fit-elle, la femme du docteur Lebranche.

L'espace de quelques secondes, par son air entendu, Jeanne venait d'accepter qu'il fût bien Octave, sans qu'elle eût même noté la manœuvre dont elle venait d'être l'objet. Puis, dans une brusque volte-face qui détruisait apparemment l'acquis de cette première feinte, l'homme demanda à Jeanne :

— Maintenant, si je vous dis que je suis Alexandre, vous me croyez ?

Déroutée, Jeanne resta muette, privée de toute pensée suivie ; enfin elle répliqua avec une assurance qui disait simplement son sentiment véritable :

— Non, vous n'êtes pas Alexandre.

— Pourtant je pourrais être lui. Tout le laisse même supposer. Il n'est pas là, j'y suis. Notre ressemblance extrême va jusqu'à notre voix, n'est-ce pas ? D'ailleurs je sais que la police anglaise pense que je suis lui.

— Pas moi.

— Ne me dites pas qu'*il y a des choses qu'une femme sent*, vous me décevriez... Sortez-moi quelque chose qui soit digne de vous.

— Vous n'êtes pas mon mari.

— Je trouve que vous avez la certitude facile.

Cette dernière phrase la laissa éberluée, l'esprit pantelant. D'un coup, elle entrevit cette conversation comme le premier chapitre d'une aventure pleine de glissades.

Et il conclut :

— Je vous préférerais fiable, moins suffisante.

Jeanne fit effort pour reprendre pied et dissiper l'étourdissement dans lequel sa conduite venait de la précipiter ; puis elle se surprit à penser qu'elle se moquait au fond que cet homme fût Octave ou Alexandre, tant elle prenait un plaisir flagrant à re-rencontrer en lui son époux, mais un Alexandre retouché, remanié dans son corps, enfin homme. Jeanne n'était certaine que d'une chose : elle lui aurait bien donné une chambre, avec un lit, et elle dans le lit ; car elle vivait en cet instant une exquise redite de son premier contact avec Rivière, ce bis amélioré que le réel ne sait jamais offrir. Et cela seul lui importait, du moins cela seul parlait à sa peau fébrile et à son imagination sollicitée ; et quand une femme se sait contrainte d'obéir à sa chair, de répondre aux songes qui la tiennent en suspens, il n'y a pas loin de la voir fléchir. Cependant, Jeanne eut l'esprit de conserver un air distant, une fausse lassitude dans le maintien ; et elle poursuivit :

— Qu'est-ce que je raconte aux enfants ?

— Les deux sont à vous ?

— Et à toi..., s'entendit-elle répondre. À quoi tu joues ?

Brusquement, alors qu'il se passait la main dans les cheveux, Jeanne avait cru voir Alexandre près d'elle, frémissant sous les traits tendus d'un homme qui lui avait paru être le sien. Ce coup de certitude, irraisonné, s'imposa à elle, écrasa ses impressions premières, comme si elle eût senti là, soudain, dans ce geste ténu, l'évidence de le retrouver, lui, Alexandre, rectifié mais encore un peu lui-même.

Dans un élan bien involontaire, sa main chercha furtivement la sienne, pour ratifier par le toucher ce que son intuition lui serinait. Mais Octave recula d'un pas, avec toute la froideur précise et sans appel qui était dans son caractère ; il lui demanda alors, sans ambages :

— Alexandre vous a-t-il dit pourquoi j'avais disparu, il y a quinze ans ?

— Un accident, dans les Banks... une chasse au crocodile marin, non ?

— Le crocodile s'appelait Justine. Il nous a croqués... tous les deux, alors que nous sortions de l'École normale. Puis il nous a séparés, le crocodile. Je suis venu ici pardonner à mon frère, et le retrouver. Quinze ans après, c'est peut-être un peu tard... Alexandre vous a parlé de Justine ?

— Non, répliqua Jeanne.

— Elle doit être morte pour lui...

— Comme vous... Il affirmait que vous l'étiez.

— Ah... et lui, il est... encore vivant ?

— J'ai reçu une carte postale de Malaisie, il y a un mois. Il disait...

Jeanne s'arrêta, examina ce Rivière qui prétendait être un Octave ressuscité ; puis elle lança, dans un souffle :

— Arrête, Alexandre... À quoi joues-tu?

— Que disait sa carte? reprit-il calmement, en négligeant la question de Jeanne.

— Elle disait que tu serais là... dans un mois. En face de moi.

Sur ces paroles, Jeanne risqua un doigt vers les lèvres d'Octave. La main de l'homme, plus rapide, intercepta le geste qui était une tendresse; et il précisa avec fermeté :

— Plus jamais une femme ne me séparera d'Alexandre.

— Pourquoi me dites-vous ça à moi?

— Je vais rester aux Nouvelles-Hébrides jusqu'à ce qu'il revienne. La carte postale date d'un mois, il ne devrait plus tarder... Mais quand j'aurai franchi cette porte, pas avant, oui, seulement après que je serai sorti de cette maison, il se peut que vous tombiez amoureuse de moi. C'est une possibilité même si c'est loin d'être une certitude, car je lui ressemble trait pour trait et il vous a plu autrefois. Si cela arrivait, il est aussi possible que vous me le cachiez...

— La modestie, vous connaissez? lâcha-t-elle, cinglante.

— Vous êtes irritée, là, et je me demande si votre colère s'adresse bien à moi ou si elle vous aide à noyer vos sentiments...

— Je n'éprouve rien pour vous, c'est clair?

— Vous l'aimiez?

— Je le méprisais.

— Alors je vais vous tenir à distance.

— Pourquoi? demanda-t-elle.

— Peut-être que je vous expliquerai pourquoi plus tard...

— Pourquoi?

— Je ne voudrais pas, en répondant, favoriser chez vous la naissance d'une passion...

Et il répéta en modulant sa voix :

— ... lorsque j'aurai franchi le seuil de cette pièce.

— Vous me prenez pour une petite fille impressionnable?!

— Asseyez-vous, lui ordonna-t-il.

— Je suis très bien debout!

— Vous tenez à parler avec moi en continuant à arpenter ce plancher comme vous le faites en ce moment?

— Oui, si vous répondez à mes questions franchement.

Octave s'arrêta, retardant sa réponse jusqu'à ce que Jeanne eût envie de l'entendre, et dit en la fixant d'une façon telle que le reste du salon s'estompa pour elle :

— Je me demande si, lorsque je serai sorti de cette pièce, vous tomberez amoureuse de moi simplement par désir de vous opposer à ce que je vais vous dire, ou si vous trouverez plus confortable de vous poser la question plus tard, car bien sûr elle ne se pose pas à l'instant où nous parlons, c'est évident, tant que vous marchez et que je suis là, en tout cas pas encore, vous en êtes d'accord...

Il n'y avait plus dans l'esprit de Jeanne que les yeux et la voix d'Octave, cette fascination qui gommait ses interrogations sur l'identité véritable de cet homme. Elle sentit alors que c'était la première fois qu'il cessait d'esquiver son regard, que leurs yeux s'affrontaient. Se ressaisissant, Jeanne réitéra sa question :

— Puis-je savoir pourquoi vous jugez nécessaire de me *maintenir à distance*, comme vous dites ?

Octave se mit alors à marcher de long en large, en continuant à lui parler, sans qu'elle perçût qu'il faisait sur le plancher le même bruit qu'elle avec ses talons, dans une indéfinissable harmonie dont il fixait le tempo, d'une façon qui peu à peu leur devint commune.

— Si je vous le dis, répondit Octave en fuyant à nouveau son regard, et que cela doit hâter le processus qui va peut-être avoir lieu, vous ne m'en voudrez pas ? Car il est bien clair que jamais je n'accepterai une liaison avec la femme d'Alexandre... Jamais. Même si nous savons, vous et moi, que cette éventualité qui peut toujours arriver est pour le moment absurde.

— Effectivement, ce n'est pas au programme !

— Vous êtes bien certaine de ne pas craindre mes explications ? Même si elles vous logent dans l'esprit des manières de voir qui favoriseront, que vous le vouliez ou non, une prise de conscience de vos sentiments ? S'ils devaient naître, bien entendu, juste après que je serai parti... Je voudrais que vous soyez très sûre que vous acceptez le risque de tomber amoureuse alors même que, de mon côté, je resterai toujours inaccessible...

— Oui.

— Maintenant vous êtes prévenue de ce qui arrivera... peut-être... quand je sortirai, en tout cas pas avant. Vous ne pourrez pas dire que je vous aurai prise en traître.

— Non, fit-elle, ahurie par son assurance.

— Bien... mais avant de vous dire pourquoi je me sens dans l'obligation de vous tenir à distance, et avant de franchir le seuil de cette porte, je voudrais, par précaution, vous avouer qui je suis vraiment, vous persuader que je suis haïssable, le dernier homme à aimer... surtout pour une fille comme vous.

— Pourquoi *surtout pour une fille comme moi* ?

— Non, finalement je préfère ne rien dire, car je ne crois pas que vous êtes prête à écouter, ou plutôt à entendre ce que je voulais vous confier...

Tout en parlant, Octave se mit à marcher moins vite, à lui imposer ainsi son propre rythme qu'il ralentissait sans qu'elle le notât. Ce faisant, il s'appliquait toujours à éviter les yeux de Jeanne.

— Écoutez, allez-y... c'est ridicule.

Après un temps, Octave poursuivit :

— Si j'étais une femme, je m'éviterais. Car je suis un homme de l'instant, un homme qui cherche continûment à se persuader de ce qu'il prétend croire, un homme dont les mots sont à déchirer passé huit jours, surtout lorsqu'ils sont grands et définitifs, un homme qui a toujours voulu et voudra toujours toutes les femmes, oui, toutes, pour connaître par elles l'entière vérité de la vie et une bonne partie des figures de ce qu'il est, pour ne pas s'enfermer, s'embaumer dans un moi déjà définitif...

— Vous n'avez jamais été fidèle ?

— Je n'ai jamais rencontré de femme capable d'être toutes les femmes.

— Vous pensez qu'elle existe ?

— Qu'une telle femme existe ? Bien sûr ! Mais aucune n'a su me montrer qu'elle était celle-là. Aucune n'a su me donner envie d'être autre chose qu'un amant pitoyable. Alors, comme je me rêve fidèle, il m'arrive parfois de me convaincre que je le suis, pendant un temps, pour explorer ce qu'on ne découvre que dans la monogamie, mais je reste un homme qui s'ennuie vite, un type qui, comme Oscar Wilde, ne se délivre de la tentation qu'en y succombant... et qui s'effraie souvent de ne pas réussir à rencontrer celle qui... Je déteste les sentiments que je provoque.

— En somme, vous êtes un homme très ordinaire...

— Oui, très, très ordinaire, mais qui s'emploie

assez bien à persuader qu'il ne l'est pas. Ne me croyez pas, jamais. Maintenant... je ne sais pas si vous saurez m'oublier. Je ne sais pas si, lorsque je serai sorti de cette pièce, dans quelques instants, vous entrerez dans des sentiments définitifs que je ne vous souhaite pas. Au revoir, Jeanne. Je vais désormais m'attacher à vous éviter.

— Vous ne voulez toujours pas me dire pourquoi? reprit-elle.

Octave saisit l'avant-bras de la jeune femme et créa en elle une perturbation en la serrant par intermittence, sans la regarder, d'une façon telle qu'elle se mit à penser à ce contact en oubliant de résister à ce que la voix assurée qui parlait lui suggérait :

— Si vous méprisez mon frère, c'est qu'il vous a déçue, et s'il vous a déçue, c'est que vous l'aimiez. Maintenant que vous êtes là en face de moi, et alors que vous continuez à m'écouter, je veux que vous vous décidiez à ne pas voir en moi un Alexandre différent, capable de vous comprendre, peut-être même très exactement l'homme que vous auriez aimé qu'il devienne. Ni vous ni moi ne savons si vous allez le faire, mais je ne veux pas que vous retrouviez en moi votre mari, corrigé de tous les défauts qui vous ont conduite à le mépriser, un Alexandre qui réparerait ses erreurs d'autrefois. Dans votre situation, certaines femmes peuvent se laisser aller à cette confusion, mais...

Il lâcha son bras. Jeanne revint brusquement à ce qu'il lui confiait, quand il répéta :

— ... tout cela, je ne le souhaite pas.

Contre toute attente, Octave ferma les yeux, se pencha alors vers Jeanne et, la paume contre ses reins, lui baisa les lèvres, dans une parenthèse brève comme le plaisir, réclamée par tout son corps léger, en avance sur son esprit. Elle resta étourdie, giflée d'émotion, étrangère à ce qui venait de lui arriver, tandis qu'il ajoutait avec une évidente gêne, les paupières baissées :

— Pardonnez-moi... Vous comprendrez désormais que je vous évite. Je désire ne jamais vous plaire. Jamais.

Et il s'éloigna. Au moment même où Octave sortit, Jeanne comprit qu'il venait d'entrer dans sa vie. Avec son abattage qui la désarmait et ce charme croissant, efficace pour l'orienter par degrés puis d'un coup vers lui, il avait clos sa provinciale quiétude. Aussitôt, Jeanne commença à lutter contre son trouble, à refuser de s'interroger sur ses sentiments réels à l'égard de cet homme magnifique, de ce morceau de virilité qui avait un talent si sûr pour l'irriter. Empesée d'émotion, ou plutôt entortillée de désir au beau milieu de son salon, elle négligea même de se demander si elle avait été embrassée par Octave ou par Alexandre.

queurs de commérages : pourquoi Alexandre Rivière était-il rentré ? Ses desseins devaient nécessairement être aussi tortueux que son procédé. On l'imaginait canotant avec aisance sur un fleuve de stratagèmes, godillant dans le mensonge et poursuivant ainsi d'effroyables objectifs qui surpassaient leur imagination amollie par les langueurs hébridaises. Bien entendu, ce faux frère était venu se revancher ; mais de quoi ?

Jeanne s'interrogeait de même, fâchée qu'elle était de s'être laissé embrasser par ce Rivière qui était peut-être son mari, cet homme par qui elle venait de connaître une brusque entrée dans le trouble, alors même qu'elle aurait voulu haïr Alexandre davantage encore. Bien sûr, depuis le départ de ce dernier, elle avait essayé d'aimer ailleurs, du bout des lèvres, en se prêtant plus qu'en se donnant ou alors en raflant du plaisir éphémère. Toujours, elle s'était efforcée de ricocher sur les hommes, sur l'essaim de ses soupirants, en fuyant les sentiments trop affermis, de crainte de se gaspiller dans une nouvelle médiocrité. Et voilà qu'Alexandre reparaissait en Octave — comme si tout cela n'était qu'une plaisanterie —, esquivant ainsi sa rage et confisquant ses reproches additionnés pour mieux dominer ses sens. En quelques répliques et sans même offrir son regard, il venait d'enfoncer sa politesse défensive, sa réserve qui était une mise en garde. Obnubilée par la question de l'identité de Rivière,

Jeanne se sentait totalement désorientée face à lui. Ses anciennes habitudes de comportement en présence d'Alexandre s'étaient trouvées inopérantes, brusquement périmées. Accaparé par cette énigme, son esprit hypnotisé n'avait plus le loisir d'égrener toutes les raisons de son ressentiment.

Et puis, un autre motif augmentait sa contrariété. Max et Bérénice avaient eu vent de l'existence de cet Octave que l'on disait être leur père. Ni l'un ni l'autre ne se doutaient qu'il ne s'était montré dans les endroits qu'ils fréquentaient que pour qu'ils entendissent parler de lui. On l'avait vu furetant avec une fausse discrétion à la sortie de leur école ainsi qu'en d'autres lieux où galopaient les gamins de la ville. Que cet homme dont ils n'avaient jamais compris l'effacement eût reparu, et qu'il semblât les éviter depuis son arrivée aux Hébrides, les laissait dans une double perplexité, accrue encore par l'inexplicable silence de leur mère, ce mutisme persistant qui révoltait leur impatience. À la vérité, Jeanne ne savait que leur expliquer.

Quand, un soir, bombée de courage, sans deviner un instant à quel point elle était guidée à distance par l'intention d'Octave, Bérénice demanda :

— C'est papa ou pas, le monsieur ?

Hésitante, pénétrée par la crainte de commettre une faute décisive pour ses enfants, Jeanne finit par lâcher :

— Je ne sais pas.

— Il lui ressemble, déclara Max, je l'ai vu sur le port.

— Il dit qu'il est son frère jumeau, reprit Jeanne. C'est vrai que papa avait un jumeau mais je le croyais mort, il ne voulait pas en parler.

— Alors c'est notre oncle, reprit Max.

Et Bérénice de faire remarquer :

— Lucie, elle le voit son oncle....

Jeanne ne répondit pas à cette injonction voilée qui valait une demande d'éclaircissements ; elle se leva et débarrassa bruyamment la table pour opérer une diversion ménagère. Mais Bérénice insista :

— Il vient chez eux le dimanche, son oncle...

— Octave viendra peut-être un jour..., répliqua Jeanne, avec une gêne qui trahissait son souhait de ne pas en dire davantage.

— Octave ou papa ? redemanda Max.

— Si je le savais, mes chéris, je vous en aurais déjà parlé.

— Si c'est notre oncle, pourquoi il nous évite ? insista Bérénice.

— Ce n'est peut-être pas vous qu'il évite... c'est peut-être moi, répondit Jeanne.

— Pourquoi ?

— Pourquoi il est parti, papa ? articula calmement Bérénice, en se choisissant une posture qui l'aidait à maîtriser sa trop visible émotion.

Jamais Jeanne ne leur avait confié ses dérives

révolues, ses glissements vers le désir de liquider sa propre personne, tout son refus de se cramponner à un sort imparfait. Ils ignoraient à quel point leur maman n'avait renoncé à périr que pour eux, à quel point elle était rétive à tout accommodement avec le réel, combien elle sentait l'immense déveine de vivre sans grand amour, avec ce dégoût-là, si vilain, un amer écœurement qui infectait tout. Jeanne était ainsi, inapte à éluder son besoin d'infini dans les émois. Aimer devait rester un exercice céleste, sinon rien lui paraissait encore préférable, un rien qu'elle pouvait rejoindre sans délai en s'effaçant d'un coup de revolver. Il y a des roses comme ça, obstinées à se faner si on ne les regarde plus, pas contrariantes, seulement avides de se donner à voir, oui, des roses qui ne savent que se donner.

Jeanne expliqua à Bérénice qu'elle ignorait tout de la nécessité qui avait conduit leur père à s'escamoter ainsi, et à se maintenir dans ce retrait persistant. En cherchant ses mots, elle faisait effort pour se persuader qu'Octave n'était pas leur papa. Mais, dans l'instant même où elle parlait, Jeanne songea qu'il faudrait bien que ce doute fût levé, pour qu'elle se libérât des interrogations qui l'asticotaient, et l'empêchaient de répondre à ses enfants avec plus de netteté.

L'indice des oreilles trop décollées d'Octave, telles qu'elles étaient jadis de part et d'autre du visage d'Alexandre, avant qu'il se fît opérer à

Melbourne, ratifiait la possibilité qu'il ne fût pas son mari. Mais d'autres déductions contredisaient cette impression, et il était clair que Jeanne se devait de conduire une vigilante enquête, avec ce qu'il fallait de méthode pour discerner la vérité et de contrainte sur elle-même pour déjouer ses envies obscures. Lucide, elle devinait sa pente, son inclination secrète qui était de persévérer dans l'hésitation. Perpétuer ce doute exquis lui permettait de goûter le plaisir de rencontrer un Alexandre nettoyé de ses impatiences, perfectionné dans l'art de la faire se sentir moins seule, moins tassé d'ambitions et de certitudes, tel qu'elle aurait aimé qu'il fût dès les débuts de leur amour. Et, si c'était effectivement Alexandre, elle lui en voulait encore trop pour s'autoriser à le regarder avec des yeux qui le goberaient, avec ce trouble entier qui la besognait et auquel elle se refusait encore à croire ; si c'était Octave, elle était déçue qu'Alexandre n'eût pas mis cette énergie, cette imagination sinueuse pour revenir s'établir dans sa vie. Cette hypothèse trop rectiligne la navrait finalement plus que toute autre.

Naturellement, sous la pression allusive de ses enfants, Jeanne résolut un soir de lui rendre visite, dans un hôtel fatigué du port, un échantillon d'architecture coloniale secoué par le dernier cyclone. Pas un instant elle ne songea que pour la contraindre à le rechercher, sans en avoir l'air,

Octave n'aurait pas pu se conduire de façon plus ingénieuse. En ne se présentant pas de lui-même à Max et Bérénice, il lui était aisé de prévoir que les enfants pousseraient leur mère à entrer en relation avec lui, impatients qu'ils étaient de savoir si cet homme dont tout Port-Vila parlait était leur père ou non. Octave ne pouvait trouver meilleurs manipulateurs pour hâter cette démarche que Max et Bérénice, virtuoses comme tous les enfants à gouverner leurs parents à leur insu, par d'indirectes suggestions.

Jeanne crut donc que l'idée d'aller voir Octave lui était venue spontanément ; cela lui parut si naturel qu'elle ne se demanda même pas si quelqu'un la lui avait vissée dans l'esprit. Gravissant l'escalier extérieur de l'hôtel, elle pensait à l'inverse que, en désobéissant ainsi au souhait d'Octave de la fuir, elle marquait une preuve d'indépendance. Pas un instant elle n'imagina qu'il lui avait simplement donné l'occasion de s'opposer à lui.

À la réception, on lui indiqua que M. Rivière s'était rendu à l'école protestante, où Max et Bérénice subissaient leur scolarité, dans cet établissement où elle ne professait pas et dont ils tiraient l'un et l'autre beaucoup d'ennui. L'œil intrigué de l'employé de l'hôtel, de même que tous les Hébridais lorsqu'ils évoquaient Octave en sa présence, cherchait dans les menues réactions de Jeanne un indice pour décrypter ce mystère : savait-elle qui était cet homme ? Agacée, Jeanne retint sur sa physionomie tout sentiment lisible et partit pour l'école presbytérienne. À mi-parcours, dans une cocoteraie qui s'étirait le long du rivage, elle aperçut l'homme décidé à ne pas lui plaire, ce rétif qui l'avait tout de même embrassée.

Octave vit Jeanne à son tour et s'arrêta, la laissa cheminer jusqu'à lui, sous un soleil du soir qui tranquillisait le paysage. Cette station, doublée d'une insistante immobilité, fit peser sur elle tout le poids de son désir d'aller à sa rencontre. Par cette attitude, Octave semblait lui signifier que, sans se dérober — ce qui eût marqué une crainte —, il choisissait de ne pas faire un seul pas vers elle.

Face à cette réserve, Jeanne éprouva l'entier plaisir qu'il y a à se disposer à séduire, à solliciter les ressources de féminité qui ne s'éveillent que dans la difficulté à plaire ; et de la griserie entra dans son délicat frisson, cette sorte d'ivresse conquérante que si peu d'hommes savent offrir à l'autre sexe, trop prompts qu'ils sont à se vautrer contre le corps des femmes, les imbéciles, avant même qu'elles aient pu s'étourdir d'exercer leur malhonnête pouvoir d'attraction. Alexandre, lui, n'avait jamais su se garder ainsi ; toujours il avait fait trébucher le désir de Jeanne dans sa propre précipitation, talonné qu'il était par ses galopants appétits.

Elle s'approcha et voulut parler ; mais il lui lança, en esquivant une fois de plus son regard :

— Jeanne, pour tout un tas de raisonnements qui m'incombent (en elle-même, fugitivement, elle songea qu'il aurait dû dire *de raisons qui me regardent*, et cela dévia son attention), je voudrais vous inviter à prendre un café. Et pour tout un tas de raisons qui me regardent, je voudrais que vous refusiez, ça m'arrangerait, oui.

— Alors je vais vous arranger la vie... si vous acceptez de faire quelques pas avec moi.

— Savez-vous pourquoi il est plus difficile de déplaire à une femme que de lui plaire ?

— Je crois que vous ne connaissez pas les femmes !

— C'est exact, c'est d'ailleurs pour ça que je vous posais cette question... je n'en connais pas la réponse !

— Il suffit de très peu pour déplaire, très très peu...

— Quel conseil donneriez-vous à un homme qui voudrait se perfectionner dans l'art de déplaire à sa belle-sœur ?

— Mais vous y parvenez très bien...

— Pas autant que je le souhaiterais... sinon je ne vous éviterais pas.

— Pourquoi évitez-vous mon regard depuis notre première rencontre ? C'est très désagréable de parler à quelqu'un qui regarde à côté !

— J'ai observé qu'il m'est plus facile de

conserver mon sang-froid devant une femme qui me fascine en évitant de la regarder. Ça ne m'est arrivé qu'une seule fois de me conduire ainsi : lorsque j'ai rencontré celle qui n'aurait pas dû devenir ma femme...

Naturellement, tout en parlant, il mit un soin maniaque à ne pas la fixer, à laisser ses yeux se promener là où elle n'était pas, et cela ne fit qu'enfler la gêne et le trouble déjà énorme de Jeanne. Humant l'été austral qui se fatiguait, Octave précisa :

— Il y a des beautés flagrantes, comme ça, contre lesquelles il faut se prémunir pour conserver ses moyens, vous me comprenez ?

Tout à coup, Jeanne frissonna de se trouver jolie pour la première fois de sa courte vie ; non qu'elle ne le fût pas, au contraire, l'effet de souffle de sa frêle beauté était inévitable, mais elle était de ces ex-petites filles blessées dans leur image qui, toujours, ignoreront les triomphes de leur éclat, convaincues qu'elles sont indignes d'être contemplées avec des yeux éblouis. Bien sûr, depuis son adolescence, les hommes s'étaient relayés pour soigner cette inquiétude mais, toujours, alors qu'ils lui bricolaient des adjectifs persuasifs, elle n'y avait vu que de la flagornerie destinée à la culbuter, ou la marque de ce dérèglement du jugement qui va avec la passion. Alexandre n'avait jamais su restaurer cette fragile confiance — malhabile, il ne se servait que de mots contestables, en définitive si peu crédibles — quand Octave, lui, par sa simple conduite, venait de lui certifier sa beauté. Sa gêne même l'attestait, tandis que son regard se fixait obstinément à côté d'elle, s'accrochant au paysage pour ne pas glisser vers le danger qu'elle était alors pour lui.

— Pourquoi n'aurait-elle pas dû vous épouser ? reprit-elle.

— Je crois qu'une femme ne devrait jamais se sentir seule avec un homme... vous ne pensez pas ?

Jeanne en resta pétrifiée. Octave venait d'articuler en une petite phrase tout ce qu'elle eût souhaité qu'Alexandre comprît plus tôt ; et, dans la même seconde, elle songea que pour formuler aussi exactement ce dont elle avait souffert — cette mortifère solitude à deux —, cet homme ne pouvait être que celui qui avait consulté le cahier rouge deux ans auparavant, l'Alexandre qui, par cette lecture, avait affronté le catalogue de ses blessures, le répertoire précis des déceptions qui l'avaient conduite à le mépriser.

— Qui vous dit qu'elle a tant souffert que cela ? reprit-elle avec habileté, sans laisser deviner son émotion.

— Je crois que ça a commencé lors de notre nuit de noces... Vous n'imaginerez jamais ce que j'ai fait... J'avais sans doute peur d'Ariane, la trouille de m'abandonner à elle, qu'elle ne prenne le contrôle de notre relation...

— Qu'avez-vous fait?

— Vous ne me croirez pas.

— Quoi?

— Le soir de notre mariage, j'ai mis un réveille-matin à minuit, pour calmer le jeu, sous prétexte que je devais dormir un peu... c'est dingue, non?

Jeanne se débrouilla pour ne pas s'évanouir.

— Oui, c'est dingue..., se contenta-t-elle de répondre.

Sa physionomie rubiconde, saisie par une bouffée d'incompréhension, révélait une femme démunie de toute capacité de riposte face au réel, soudain pas déchiffrable, déroutant à en perdre le bon sens.

— Vous ne me croyez pas? fit Octave. Je vois bien que vous faites une drôle de tête.

— Non, non...

Jeanne pensa évidemment que son interlocuteur ne pouvait être que son mari, lui qui, à peine bagué, l'avait également malmenée avec ce maudit réveil; puis elle songea qu'Alexandre n'aurait jamais osé lui rapporter cet épisode s'il avait voulu se couler dans l'identité d'Octave. Il n'aurait certainement pas couru le risque de briser ainsi une manœuvre dans laquelle il venait d'investir deux ans de son incroyable énergie, et l'effort d'une pareille métamorphose. Non, il ne pouvait pas chuter sur une faute aussi stupide, pas lui, pas cet homme qui respirait l'habileté stratégique. Et puis, Jeanne voulait qu'il fût Octave pour ne pas fragiliser la relation inédite qui se ficelait entre eux. Pas une seconde Jeanne n'eut l'idée que, si Octave était Alexandre, il aurait pu subodorer sa réaction, tant il est évident qu'un être ne croit que ce qu'il désire croire. Elle n'imagina pas non plus que son attitude en écoutant cette anecdote aurait pour Alexandre — si c'était lui — valeur d'un indice des sentiments qu'elle lui portait. Il y avait en Jeanne trop d'entière pureté, de goût pour les élans éruptifs, pour qu'elle s'attardât dans des considérations si freinées de raisonnements. Jeanne était ainsi, bonne conductrice d'enthousiasmes, disponible pour la clarté, parlant avec sincérité comme d'autres parlent avec l'accent de leur pays.

— C'est incroyable, reprit-elle, j'ai vécu la même histoire, exactement la même nuit de noces avec Alexandre.

— Il a mis un réveil?

— Oui.

Octave sembla estomaqué, sans que son attitude eût ce quelque chose de forcé qui aurait pu paraître composé ; puis il ajouta :

— Et vous allez croire, bien entendu, que...

— ... que vous êtes lui ? Non. Ça arrive parfois que des jumeaux vivent la même chose au même moment, qu'ils aient les mêmes idées dans des circonstances voisines, non ?

— Vous êtes inouïe ! Au lieu de me soupçonner, vous trouvez vous-même la justification
d'une coïncidence à peine croyable. Vous êtes là,
dans cette cocoteraie, perturbée par ma ressemblance avec Alexandre, et je me demande si vous
allez réussir à me convaincre avec votre putain
d'explication délirante !

Ce dernier mot, *putain*, heurta Jeanne,
étonnée de l'entendre dans la bouche d'un
homme épargné par la vulgarité ; et cette légère
surprise acheva de dissiper dans son esprit toute
interrogation sur les coïncidences de la vie des
jumeaux.

— Oui, poursuivait Octave, peut-être que
vous allez réussir à me convaincre ce soir, tout de
suite, ou alors plus tard. Mais moi je n'ai jamais
cru à ces histoires de jumeaux !

— Tout le monde en a entendu parler... Ça ne
vous est jamais arrivé ?

— C'est Alexandre qui vous a intoxiquée avec
ça ? Lui il y croyait... Ma femme aussi était
persuadée qu'une autre femme devait souffrir en
face d'Alex, pour les mêmes raisons. Elle était
certaine que ces histoires de jumeaux étaient
réelles ! Quand Ariane pleurait devant ses enfants,
et que je me mettais en colère au lieu de lui dire
que ça me paniquait, elle pensait que la femme
d'Alex devait supporter des trucs comme ça, des
coups de gueule qu'elle ne comprenait pas.

Jeanne hocha la tête imperceptiblement, signifiant ainsi qu'elle s'était reconnue dans ce récit ; et il ajouta :

— Après la mort de notre père, maman était notre seul pilier. On était encore petits, elle bossait dur. Je ne supportais pas l'idée qu'elle puisse craquer, elle, le recours. Et ça m'est resté. Je deviens fou dès qu'une mère a le courage de montrer ses fragilités. Avec moi, Ariane a dû en chier de ne pas avoir le droit de montrer ses émotions réelles. Je la bloquais, elle devait rester solide, ne jamais faiblir... en toutes circonstances ! Dans ces moments, elle a dû se sentir plus seule avec moi que sans moi... Je ne sais pas aimer sans blesser, voyez-vous... je fais saigner ceux que j'aime ! Vous comprenez mieux pourquoi j'évite vos yeux ? Et ma lucidité ne me sert à rien...

— Comment vous êtes-vous aperçu qu'Ariane souffrait ? demanda Jeanne à cet homme qui disait avec simplicité tout ce qu'Alexandre taisait jadis ou refusait de partager.

— Ce qui me bouleverse, c'est que vous me posiez cette question sur ce ton.

— Quel ton ?

— Celui d'une femme qui a dû endurer les mêmes épreuves qu'Ariane...

— Comment avez-vous su qu'Ariane souffrait de vous aimer ?

— Un beau jour, elle a eu un cancer du sein. J'ai compris, brusquement. Enfin ! J'ai compris jusqu'où pouvait mener la peine d'être soi, le fait de n'être pas soulagé d'exister. J'ai compris que c'était sans doute ça, aimer...

— Quoi?

— ... permettre à l'autre de s'aimer, non? L'aider à moins souffrir de vivre. Parier toujours sur les ressources qu'il ou elle a appris à ne pas utiliser, sur ce qu'elle sait sans savoir qu'elle le sait. Mais ça, je n'ai jamais su le faire avec Ariane...

— Alexandre non plus. Mais lui ne parlait pas comme vous...

— Jeanne, je veux vous déplaire, et j'y parviendrai. Je ne suis pas venu prendre la femme d'Alexandre... Je ne suis pas revenu pour vous faire souffrir.

— M'éviter ne sert à rien.

— C'est vrai, ce n'est pas très efficace. Et puis c'est un peu ridicule, parce qu'il ne se passera rien entre nous, du moins au cours de nos six premières rencontres. Rien! Il doit y avoir une meilleure solution que de vous éviter... ou plusieurs solutions pour me garantir l'échec si tout à coup je m'apercevais que je vous veux vraiment. C'est vrai, on n'est jamais tout à fait certain de se prendre une veste définitive! Pourtant il doit bien y avoir des ruses, des trucs pour échouer à tous les coups... pour empêcher chez vous le plus léger trouble!

— Qu'est-ce que vous cherchez?

— À reproduire l'échec de ma relation avec Ariane, mais plus tôt, à me montrer tout de suite sous mon véritable jour, le pire, tel que je suis en réalité, détestable à aimer, impossible à rejoindre.

Tout en conversant, Octave continuait à ne pas la regarder et à renforcer ainsi l'impression qu'elle avait d'être jolie, dotée d'un surnaturel effet grisant, spontané pour ainsi dire ; rien à voir avec la beauté laborieuse que s'improvisent certaines créatures, attelées dès le matin à se perfectionner les traits à coups de pinceau, à se frisotter rituellement les cheveux. Cette constance à l'éviter lui procurait ce délice-là, à moindres frais ; et elle demanda :

— Pourquoi avez-vous parlé de six rencontres ? Pourquoi pas une septième ?

— Parce que vous êtes la femme la plus facile à culbuter des Nouvelles-Hébrides, et peut-être même de toute l'Océanie !

— Vous êtes très blessant.

— Qu'est-ce que j'y peux, moi ? Regardez, je vais vous dire, là, maintenant, qui je suis vraiment, pas aimable pour un sou, et malgré cela vous verrez, la septième fois que nous nous rencontrerons vous ne serez qu'un vagin impatient ! Oui, parfaitement !

— Effectivement, vous commencez à devenir odieux !

— Vous voyez bien que je réussirai à ne pas

me faire aimer de vous. Il a suffi de quelques mots pour vous refroidir! Je plains ceux à qui vous avez fait croire que vos sentiments étaient solides, presque fiables... Regardez, deux mots seulement ont été nécessaires pour que vous vous repreniez! Pourtant, je suis sûr que vous êtes de celles qui bêlent de belles paroles prétendument éternelles... qui croient à ces sornettes-là, risibles!

— Qu'est-ce qui vous prend d'être soudain si désagréable?

— Je parviendrai à vous dégoûter de m'aimer quand je vous aurai dit à quel point je suis tout à fait insupportable à côtoyer, car je n'accepte pas la souffrance, que les autres aient ce terrible besoin d'aller mal. Oui, l'énergie que les êtres humains mettent à résister au bonheur me rend fou! Cette façon qu'avait Ariane de se pourrir la vie me révoltait carrément. Quand elle brisait un joli plat dont elle raffolait, vous savez ce qu'elle faisait? Elle râlait pendant un quart d'heure, comme si ça ne suffisait pas que le plat soit cassé! Et naturellement, elle se mettait en colère si je ne participais pas à sa fureur, car, bien sûr, il fallait qu'elle ait le droit d'éprouver ce qu'elle sentait, que je la laisse pester et exiger ma contribution, faute de quoi elle se déclarait niée dans ses sensations, atteinte dans son intégrité! Et quand on allait au théâtre et qu'on nous refoulait parce que le guichet avait vendu plus de billets qu'il n'y avait de places, devinez quelle attitude elle m'infligeait ? Ariane faisait une scène du tonnerre ! Elle ajoutait le drame à la chienlit, se punissait elle-même, et moi avec ! Pour ensuite s'indigner pendant toute la soirée, histoire d'éviter de se rendre heureuse, au cas où on aurait pu sauver quelques heures. Et lorsque les choses allaient plutôt bien, elle se disait qu'elles auraient pu aller mieux encore, que fatalement notre passé nous réservait de drôles de surprises, et j'étais un empêcheur de sentir en rond si je lui faisais remarquer qu'on pouvait parler d'autre chose que des emmerdes révolues... Passer à autre chose, c'était fuir ! Esquiver ! Je ne comprends pas la résistance au bonheur. Vous voyez, je suis odieux, impraticable, tyrannique, intolérant devant le besoin de malheur ! Et je ne veux plus être amoureux, je ne veux plus souffrir de la folie des autres, de leur affreux goût pour le malheur.

— Moi non plus, je ne veux plus être amoureuse.

— Avez-vous déjà pensé que cela ne se décide pas forcément ?

Cette question laissa Jeanne dissociée, déroutée quelques secondes ; il ajouta :

— Avez-vous déjà vu des cas où une femme qui ne s'y attend pas prend un plaisir particulier à se laisser séduire ?

— Pourquoi particulier ?

— Parce qu'elle souhaite résister et qu'elle n'y parvient pas... maintenant. Êtes-vous encore capable de vous souvenir comment vous étiez lorsque vous avez rencontré Alexandre ? Vos souvenirs sont-ils précis ou juste liés à des moments ?

— Liés à des moments, je crois.

— Vous croyez... qu'ils vous reviennent plutôt à certaines heures, alors ?

— Oui, sans doute.

— Oui, c'est sans doute le cas le matin très tôt ou alors le soir.

— Plutôt le soir.

— Comme ce soir...

Et, voyant qu'elle était encore raide, Octave précisa :

— Pour que la mémoire se remette en marche, il n'est pas forcément nécessaire d'être détendu. Asseyez-vous là, à ma droite.

De la main, il lui indiqua une place à sa gauche, sur un tronc d'arbre recouvert de mousse ; ce qui acheva de la déconcerter. Conscient de l'effet qu'il venait de tenter, il poursuivit :

— Pour retrouver certaines sensations perdues certaines personnes ont besoin de certaines conditions... Je ne sais pas si vous y parviendrez quand vous serez bien installée. Est-ce que vous trouvez agréable d'être assise et, sans être amoureuse, sous l'influence de souvenirs où vous l'étiez ?

— C'est effectivement agréable de se replonger dans ces sensations, mais... je ne veux plus être amoureuse.

— C'est effectivement agréable de se replonger dans ces sensations... et je ne désire pas que vous tombiez amoureuse trop tôt...

Alors qu'il répétait à peu près les mêmes mots — et leur effet suggestif s'exerçait dans cet *à peu près* —, Jeanne vit toute proche d'elle la copie scrupuleuse du visage d'Alexandre qui plissait les yeux et les fermait, comme pour mieux se couler dans l'instant, se nicher avec elle dans un présent perpétuel filigrané de souvenirs, en ratissant leur plus joli passé. Muet, Octave-Alexandre lui permit ainsi de le rejoindre pendant de longues secondes partagées, d'exhumer des heures parfaites auprès d'Alexandre. Ce silence teinté d'émotions communes leur suffisait et l'estomaquait d'autant plus que son époux, lui, ne consentait que rarement à s'abandonner, à se laisser capter par le monde des autres, ne fût-ce que le temps d'une simple partie de cartes. Toujours il s'ingéniait à se ménager une fuite possible, pour ne pas se partager entièrement, comme s'il avait constamment craint de se désunir. Puis Octave lui confia, presque à voix basse :

— Je connais une femme qui, pour retrouver le plaisir d'aimer, a d'abord fait semblant. Alors qu'elle était encore inquiète à l'idée de retomber vraiment amoureuse, elle a commencé par simuler ses sentiments. Elle y a pris assez vite du plaisir, sans que je sache exactement à quel moment, ni comment ça lui est venu aussi facilement, par surprise ou bien lentement. Elle s'est alors donné la possibilité d'essayer tout de suite de ne plus lutter contre un trouble léger, puis plus net... et enfin sincère. Elle n'avait pas besoin de se forcer. Elle ne savait pas si ce jeu allait devenir sérieux, non, elle ne le savait pas car c'était encore trop tôt, pas avant qu'elle ne se sentît enfin détendue. Elle éprouvait simplement le plaisir qu'il y avait à faire semblant...

Soudain, Octave se tut.

— Et? demanda Jeanne au bout de quelques secondes, comme entraînée confusément dans ce récit.

— Je ne sais plus si elle a retrouvé la joie d'être amoureuse, mais j'ai le souvenir d'avoir aidé un jour une amie à ne plus se pourrir la vie.

À nouveau Octave fit silence, en prenant bien le temps de s'étirer et en esquivant toujours le regard de Jeanne; puis il se leva et fit quelques pas jusqu'au rivage mangé par les ombres qui déjà fuyaient devant la montée du soir, aggravant ainsi le bleu foncé du lagon. Jeanne resta assise, perplexe, atteinte plus qu'elle ne l'aurait souhaité par cette dernière réflexion.

— Vous avez fait comment avec votre amie? finit-elle par s'enquérir.

— Je ne crois pas que cela puisse vous inté-
resser. Ça vous semblera sans doute un peu ridicule. Surtout à une femme comme vous !

— Dites toujours, répliqua-t-elle un rien
vexée, en se demandant brusquement si Octave
n'était pas Alexandre pour évoquer ainsi une de
ses souffrances cardinales.

Pas une seconde Jeanne ne voulut s'avouer
qu'elle était sur ce chapitre d'un ordinaire
achevé. Elle était certaine d'être unique, un cas
bien particulier conçu par le Créateur.

— Vous savez, reprit Octave, il y a des
moments de l'existence pour entendre les
choses... et la dernière fois que j'ai raconté cette
histoire, les gens se sont moqués de moi.

— Vous vous y êtes pris comment ?

— J'ai demandé à cette amie d'évaluer, en
pourcentage, les situations compliquées où elle
se pourrissait la vie alors qu'elle aurait pu se la
simplifier. Vous auriez répondu quoi ? Comme
ça, au jugé.

— Je ne sais pas, moi... trente pour cent peut-
être.

— Eh bien, elle était pire que vous ! Elle a
avancé le chiffre de quarante-neuf pour cent, ce
qui est après tout pas mal, puisque cela voulait
dire que dans cinquante et un pour cent des
situations de ce genre, elle était capable de ne pas
jouer contre elle.

Automatiquement, sans même qu'elle y prêtât

une attention repérable, Jeanne songea que son pourcentage à elle était de soixante-dix pour cent, ce qui était une bien meilleure position de départ.

— Je lui ai alors expliqué, continua Octave, que, compte tenu de son habitude de se décevoir elle-même, il serait totalement impossible, voire dangereux, de passer d'un coup de cinquante et un à soixante-dix pour cent, ou même de cinquante et un à soixante et un pour cent, mais qu'il serait peut-être possible, bien que cela restât difficile, de passer tout de suite de cinquante et un à cinquante-deux pour cent. Vous me suivez?

— Oui.

— Eh bien voilà. C'est tout.

— Voilà quoi?

— Vous ne pensez tout de même pas que j'aurais eu la prétention de savoir mieux qu'elle comment Sally pouvait progresser... même de un pour cent. Pour ça, elle savait des choses qu'elle ignorait qu'elle savait, mais que moi j'ignorais totalement! Qu'est-ce que vous lui auriez suggéré, vous, pour gratter un pour cent?

— Je ne sais pas, moi... mais un pour cent ce n'est pas grand-chose. Vous auriez pu lui conseiller de...

— ... de continuer à faire la même chose, à se pourrir la vie, puisqu'elle y tenait, mais en le faisant autrement. C'est ce qu'elle a trouvé. Sally a modifié juste un petit truc dans l'un des scénarios habituels qui la frustraient. Et ça m'a complètement bluffé!

— Qu'est-ce qu'elle a trouvé?

— Je ne peux pas vous le dire parce que... je ne veux pas que vous fassiez la même chose, même si j'admire ce genre de démarche courageuse. Oui, je ne le veux pas! Et puis... vous avez des rapports simples avec votre mère?

— Pas vraiment! répliqua Jeanne en riant.

— Ça vous arrive de vous compliquer la vie en reproduisant systématiquement des situations datant de votre mère, des figures obligées qui vous exaspèrent?

— Oui... ça tombe dans ma spécialité!

— Eh bien, c'était le cas de cette jeune femme étonnante aussi. Et Sally s'en est sortie en ne changeant qu'un pour cent du scénario répétitif qui la conduisait à pester et qui, de ce fait, lui gâchait souvent une bonne partie de ses soirées.

— Qu'est-ce qu'elle a fait? demanda Jeanne, curieuse de savoir comment cette fille avait réussi à l'impressionner.

— Je peux vous poser une question?

— Oui.

— Tout à l'heure, quand je vous ai parlé de ma femme et de son fabuleux talent pour se pourrir la vie, j'ai vu à la tête que vous faisiez qu'Alexandre avait dû vous tenir des propos semblables... je me trompe?

— Non.

— Et vous vous êtes dit : tiens, c'est peut-être Alexandre qui me parle, n'est-ce pas ? Vous vous êtes dit que ce n'était pas possible que j'évoque par hasard un problème qui, justement... vous pourrit l'existence !

— Oui, je me suis dit ça...

— Eh bien vous vous êtes trompée, Jeanne. Ce n'était pas moi ni Alexandre qui vous parlait mais tous les hommes ! Laissez-moi vous dire que sur ce point vous ressemblez à presque toutes les femmes. Votre façon de vous empoisonner la vie, et d'emmerder les hommes au passage, est terriblement ordinaire. Oui, quelconque ! Pitoyable !

— Je ne suis pas venue ici pour me faire insulter par la doublure de mon mari ! répondit-elle, ulcérée.

— Là, soudain, en devenant piquante vous commencez à me mépriser assez pour que je me sente à l'aise avec vous. Mais maintenant je voudrais être totalement rassuré, et que vous me disiez pourquoi vous ne serez jamais amoureuse de moi ! Tout de suite !

Stupéfaite, Jeanne resta silencieuse, obstinément, sans saisir qu'en refusant d'obéir au *tout de suite* d'Octave elle se laissait en réalité conduire par sa rhétorique. Alors, conscient de gouverner leur dialogue, Rivière demanda :

— Comment ferez-vous pour prévenir chez vous le moindre trouble sensuel en face de moi? Avez-vous décidé exactement comment vous allez vous protéger, vous garantir contre vos émotions, sans que j'aie besoin de me montrer odieux de temps à autre? Ce qui, vous l'avouerez, est assez pénible. Êtes-vous en mesure dès à présent de m'expliquer comment vous ferez pour vous défaire de vos sentiments me concernant, s'ils survenaient?

La répétition de ces interrogations fit alors sortir Jeanne de sa réserve:

— La question ne se pose pas!

— Bien sûr qu'elle ne se pose pas! Mais je la pose.

— Où voulez-vous en venir?

— Je vous éviterai tant que vous ne serez pas à même d'y répondre, de protéger notre amitié. Alors songez-y. Vous avez la possibilité d'y réfléchir, longuement ou rapidement, comme vous voudrez. Vous avez aussi la possibilité de répondre à ces questions et de ne pas m'avouer vos solutions. Vous pourriez alors vous contenter de m'informer qu'elles existent, que vous êtes capable de vous maîtriser. Vous voyez, Jeanne, vous avez plein de possibilités. Mais je ne veux pas que vous me répondiez trop tôt. Ce seraient des paroles irréfléchies, n'est-ce pas?

— J'étais venue vous parler d'autre chose: de mes enfants. Max et Bérénice vont mal, surtout Max, depuis le départ de leur père... et depuis votre retour.

— Non, mon arrivée, rectifia-t-il.

— Si vous voulez...

— Que puis-je faire ?

— Les voir, leur parler, dire qui vous êtes, si vous l'êtes. Ils entendent des choses en classe. On murmure beaucoup à l'école presbytérienne...

— Quand j'étais petit, j'ai eu un instituteur singulier et bon, M. Erickson. Alexandre ne l'a pas eu. Il m'a appris à changer, et à faire changer les autres en douceur. M. Erickson avait une curieuse conception de l'amour. Pour lui, aimer c'était aussi, et peut-être surtout, soulager l'autre de ses croyances, du tracas d'exister, lui permettre de s'évader de ses peurs, le soigner de façon indirecte. Oui, indirecte...

— Pourquoi me parlez-vous tout à coup de cet Erickson ?

— Parce que vous me parlez de la souffrance de Max, et un peu de celle de Bérénice...

Et Octave ajouta, en indiquant le village qui était tout proche :

— Pensez-vous que si j'ordonnais à cette famille mélanésienne qu'on aperçoit là-bas de me porter dans leur case, ils le feraient ?

— Je pense que non... bien sûr !

— Bien sûr... demander les choses directement n'est pas très efficace, ni très respectueux de ce que sont les gens... et même assez puéril en vérité. Savez-vous comment M. Erickson s'y serait pris pour réussir à se faire porter dans leur case ?

Jeanne fit signe que non.

— Regardez, murmura Octave. Et essayez de comprendre ce que je tente de vous dire en faisant ce que je vais faire. Oui, essayez si vous en êtes capable.

Octave osa soudain lui planter dans les yeux un regard franc ; Jeanne en fut saisie, comme bousculée par un uppercut longtemps retenu. Puis il eut enfin un regard non maîtrisé, liquide et luisant d'émotion, de myope qui voyait loin, par-delà l'instant. Touchée, désunie dans sa défense, Jeanne pensa que cet hybride de brute et de gentleman était la preuve qu'aimer pouvait être doux. Elle sentait bien qu'il n'espérait pas être émouvant, et il l'était alors, de façon entêtante, à son insu, en lui offrant l'énergie de ses yeux de nickel, clef de voûte de son caractère autant que de son visage. La complicité du climat acheva de l'hébéter, de la vaincre. L'arme de ce Rivière-là, succulente, c'était le charme graduel, cette séduction qu'il éparpillait dans ses sourires esquissés, qu'il saupoudrait malgré lui sur l'élément féminin, à coups d'éloquence hypnotique.

Sans un mot inutile donc, Octave s'éloigna, rejoignit l'attroupement de Mélanésiens moelleux qui conversaient dignement devant une case. Ils se trouvaient tous brièvement vêtus d'une chiffonnade de feuilles tropicales en désordre, un trumeau végétal censé masquer leurs fesses creuses, ainsi que d'un étui pénien optimiste, assez seyant. Octave risqua avec eux quelques mots en bichelamar — le créole anglophone du coin — et, tout à coup, parut souffrir d'un évident malaise. Brusquement, on le vit dégringoler du haut de sa colonne vertébrale, puis s'affaisser sur le sol couvert de résidus de coprah. Ne sachant s'il simulait ou si c'était sérieux, Jeanne voulut s'avancer ; mais déjà les hommes les plus équipés en deltoïdes et en pectoraux — ceux qui avaient des bras comme des armes au repos et une corpulence de bison — le portaient dans la grande case. Octave avait réussi !

Jeanne sourit ; elle venait de discerner que ce Rivière ne pouvait être Alexandre, si incapable d'apprivoiser les rétifs par d'indirectes manœuvres, toujours enclin à boxer l'événement. Et puis, se dit-elle, pourquoi Alexandre se serait-il livré à un tel exercice ? Pourquoi lui, si décharmé d'elle, aurait-il réglé cette stratégie extraordinaire ?

Encore occupée à s'interroger sur l'identité véritable de ce Rivière, Jeanne ne comprit pas qu'en se faisant ainsi porter dans la case Octave lui avait révélé une part de son secret. Elle ignorait également que la conversation qui venait de s'achever allait désaxer sa vie. Prisonnière de son psychisme, comme tout un chacun, Jeanne serait bientôt libérée de ses peurs par la persévérance de ce magicien. La seule chose qu'elle sentait, confusément, lorsqu'il répondait à ses questions par d'étranges questions ou par des énigmes, était qu'Octave venait de lui rendre le goût d'exister, l'envie de dévier le cours habituel de ses pensées, de dérégler le système de ses réactions ordinaires. Tout chez cet homme se coalisait pour refaire d'elle une femme, neuve.

Mais comment pouvait-il être si sûr que leur septième rencontre serait décisive ?

Se pourrir la vie... En y repensant, Jeanne se disait qu'elle avait mené une existence décourageante tellement elle y avait mis du sien pour s'infliger un sort irritant. Il n'y avait pas que son insistant besoin d'infini pour la torturer et l'empêcher de jouir de ce que la vie, bonne fille, s'acharnait à lui accorder ; non, il y avait surtout cette manie qu'elle avait de se désigner comme volontaire pour se bricoler elle-même du malheur, de la frustration à gogo et de l'emmerdement gratis. Sally, l'amie d'Octave, n'était qu'une improvisatrice à côté d'elle, si méthodique à se punir. Sur ce point-là, Jeanne avait fait sauter la banque.

Accordait-elle des jours de congé à sa femme de ménage ? C'était plus fort qu'elle, il fallait que Jeanne passe l'aspirateur juste avant que cette dernière ne revînt, et qu'elle brique aussi les carreaux. Acceptait-elle des suggestions d'Alexandre ? De couler un bel été en Birmanie, par exemple, au lieu de rejoindre sa mère en Europe. C'était pour le lui reprocher ensuite, en décochant de sournois sous-entendus qui, naturellement, gâchaient leur joie birmane. Avec une imagination athlétique, elle se donnait l'opportunité d'aller mal quand le hasard lui était trop doux. Un rien lui était alors une ressource. Changer d'avis au pire moment, pratiquer le zigzag afin d'entortiller une situation claire, mettre des préalables à une éventuelle détente, tout cela entrait dans ses compétences pour produire un résultat inextricable et, à la fin, entassait sur Jeanne de solides raisons de noircir ses perspectives. Toutes les fois qu'elle arrêtait un choix, c'était naturellement pour le regretter plus tard en se figurant les occasions qu'elle avait de ce fait laissées filer. Quand elle roulait dans Nouméa et qu'un conducteur indélicat lui soufflait sa place de parking, Jeanne trouvait le moyen de dépenser un petit quart d'heure en vociférations colorées contre le fautif. Bien entendu, elle évoquait ensuite le cas du malfaisant pendant une bonne matinée, histoire de faire durer sa rage et d'en profiter, de ne pas rater un instant de commentaire désobligeant sur le genre humain. Comme on peut le deviner, elle était également surdouée pour repérer dans le présent le retour de frustrations passées qu'il convenait alors de décortiquer avec ravissement, afin de déplorer le fait d'être née.

Mais le plus extraordinaire était son enthousiasme à se dévaloriser. Sur ce terrain, Jeanne ne craignait personne. Lorsqu'elle vous rendait service, elle s'excusait aussitôt, sans que vous ayez bien saisi pourquoi. Vous offrait-elle un cadeau d'anniversaire, en général mirifique ? C'était pour ne pas perdre l'occasion d'en dire du mal et, incidemment, d'incriminer le goût de celle qui l'avait choisi — elle, bien sûr —, avec mesquinerie cela va de soi. Si vous l'invitiez à déjeuner, Jeanne se jugeait d'abord indigne de vous déranger puis, si vous insistiez, elle rappliquait chez vous avec *deux ou trois bricoles* ; entendez qu'elle débarquait alourdie de vivres raffinés pour une escouade, aliments qu'elle se mettait aussitôt en devoir de cuisiner avec un art scrupuleux. Ce qui ne l'empêchait pas de critiquer très sévèrement son plat, immanquablement exquis, en s'étonnant que vous consentiez à y toucher. Mais il aurait pu être mieux exécuté... Passons sur les nombreux présents de prix qu'elle était forcément navrée de vous apporter ; car l'essentiel pour elle était bien de *payer*, encore et toujours, de racheter son incurable culpabilité d'oser respirer et de gaspiller ainsi une ration d'oxygène.

Comme elle était d'une intelligence qui dilatait son regard et contractait ses paroles lumineuses en d'étonnantes saillies, tout cela ne se remarquait pas trop ; car elle était habile à captiver, irrésistible dans ses réflexions, et sa singulière folie — mais qui n'en a pas ? — se trouvait diluée par mille touches de grâce, de bonne humeur et d'esprit pénétrant. Elle paraissait donc aussi normale que la plupart des névrotiques dont le bottin téléphonique donne la liste incontestable et alphabétique. Prévenu, vous cherchiez en elle la douleur d'exister et vous découvriez le charme, l'aptitude à discerner la beauté logée dans la boue du réel, le talent d'être radieuse.

Mais le fait était là : Jeanne payait, au propre et au figuré. Et l'addition dont elle s'acquittait devenait cosmique dès qu'elle s'approchait de sa mère. Ce monstre déguisé en dame bien élevée, déchue de toute humanité, capable de sourire sans montrer les dents, outillée comme personne pour briser net le frêle caractère d'une enfant, donnait tout son lustre au mot rapacité. Quand vous donniez la main à Rose — car en plus la vipère enfoulardée répondait à ce délicat prénom —, vous n'étiez jamais tout à fait sûr qu'elle vous la rende. L'égoïsme était son réflexe, la méchanceté son vice et la drôlerie son excuse. Toute faiblesse de sa fille était pour elle l'occasion d'un sarcasme ; à toute heure, elle confondait les verbes parler et se moquer, juger et exécuter. Plutôt que d'éliminer Rose dans un élan légitime, Jeanne s'était carapatée à l'autre bout de la terre, pour s'en protéger derrière dix fuseaux horaires et vingt mille kilomètres, à Nouméa où vivait Alexandre, gonflé d'indemnités, là où s'était produit l'accident de leur amour.

Mais, malgré le tampon de la distance et du changement d'hémisphère, Jeanne restait à la merci de la persistante emprise de Rose et de son aigreur recuite. Pas un jour ne s'achevait sans qu'elle se sentît le devoir d'appeler sa mère au téléphone, de s'adresser à ce guichet du fiel, obligation qui la faisait enrager car Rose était aussi adroite dans l'art de la blesser là où elle était inquiète, qu'encline à marchander la tendresse que sa fille quémandait, tout en prolongeant vicieusement le coup de fil pour creuser la facture de Jeanne. Chaque fois, elle en ressortait prostrée, ahurie d'être la pomme qui finançait cette quotidienne torture. Elle se promettait bien d'interrompre un jour ce hold-up affectif et pécuniaire mais Rose la tenait si bien qu'à force de la subir Jeanne ne croyait plus pouvoir lui échapper. Quand, par extraordinaire, elle négligeait de lui téléphoner, c'était Rose qui la sonnait :

— Allô ? C'est toi qui viens de m'appeler ? lançait-elle, perfide, de sa voix glaireuse dans le combiné, avant d'ajouter, sur un ton d'autorité :

« Rappelle-moi, sinon je ne te parle plus !

Puis elle raccrochait ; et Jeanne rappelait aussitôt, car Rose, manœuvrière, lui avait bien fait saisir que sa chétive retraite ne lui permettait pas de téléphoner aux antipodes de sa Normandie. Jeanne le savait bien, au même titre que tous ses frères et sœurs qui versaient à Rose dix pour cent de leur revenu mensuel depuis le départ de leur père. C'est ainsi que cette mère exemplaire faisait payer aux enfants de cet homme son énorme amertume ; et cette règle familiale, inoxydable, ne souffrait pas de contestation, fût-elle allusive. Jeanne s'y soumettait avec ponctualité depuis toujours, en cherchant sans relâche des excuses à la dureté de sa maman, tout en se reprochant à chaque instant son incapacité à lui tenir tête. Cette incroyable docilité tenait peut-être à son statut dans la famille : née la première, elle était la cause du mariage de ses parents. Son père avait *réparé* après avoir, par négligence, rendu sa mère grosse de son plaisir.

Alors, dans les jours qui suivirent son entrevue avec Octave, Jeanne repensa à Sally, cette femme qui avait adouci son évitable chemin de croix en ne changeant qu'un petit pour cent de sa conduite ordinaire. Les paroles d'Octave avaient cette vertu-là, bien particulière, de diriger son esprit vers des pensées qui ne lui étaient pas familières, d'ouvrir les portes qu'elle cherchait sans qu'elle le sût elle-même. L'idée flattait son esprit de n'évoluer que graduellement, sans s'exposer aux vertiges d'une rupture trop marquée.

— *Elle changea en continuant à faire la même chose*, avait-il dit, *puisqu'elle tenait à se pourrir la vie, mais en le faisant autrement. En ne touchant d'abord qu'à un détail...*

Cette phrase infusa dans son esprit, eut sur sa réflexion l'effet d'un levain. Octave l'avait prononcée en modulant sa voix, comme il convenait pour que cette bombe à retardement se vrillât dans sa mémoire, et en s'arrangeant pour qu'elle sentît bien toute l'admiration qu'il éprouvait devant le courage des femmes qui s'engagent dans un tel sentier. Elle ne s'interrogea pas sur ce qui l'incitait à appliquer ce raisonnement aux relations délétères qu'elle entretenait avec sa canaille de mère.

Tout en se croyant maîtresse de son esprit — et elle l'était en vérité car les paroles d'Octave n'agissaient que parce qu'elles faisaient écho aux quêtes de Jeanne —, elle finit par convenir qu'elle n'était pas de taille à renoncer brutalement à ce coup de fil quotidien avec Rose mais que, peut-être, elle pourrait commencer par lui refiler le rôle du payeur. Jeanne se sentait capable, à défaut de le demander à sa mère, de l'obtenir de facto en ayant recours à un mensonge véniel. Il lui suffisait d'annoncer à Rose que la compagnie de téléphone lui avait coupé l'accès à l'international, le temps qu'elle apure une note excessive. Cette initiative ressemblait à un possible un pour cent, à une timide retouche des contraintes qu'elle s'infligeait, tout à fait supportable et compatible avec son besoin de ne pas rompre avec son maternel bourreau. Ainsi, elle passerait de soixante-dix à soixante et onze pour cent de situations où elle ne jouait pas contre elle !

À la vérité, Jeanne ne songeait plus qu'à ce qu'Octave lui avait demandé. En s'interdisant de la regarder, cet homme lui avait adressé le plus caressant compliment qu'on lui eût jamais troussé. Mais pourquoi l'avait-il avertie que leur septième rencontre risquait d'être une collision décisive ? Comment pouvait-elle l'assurer que jamais elle ne serait sujette à un trouble irrévocable devant lui ? Quelle femme était à même de se défaire de ces tracassantes inclinations qui, par définition, dépassent la raison et saccagent les résolutions les moins chiquées ? Si elle ne trouvait rien à lui répondre, comment ferait-elle pour le revoir et pour qu'il cesse enfin de se montrer odieux, histoire de réchauffer entre eux assez d'animosité pour le rassurer ?

Toute à ses interrogations, Jeanne en oubliait de se concentrer sur l'énigme fondamentale : était-il Octave ou le fuyard ? S'il était Alexandre, il ne pouvait s'y prendre avec plus d'habileté pour distraire Jeanne de cette question en dirigeant ailleurs sa mobile attention et en suscitant chez elle le désir qu'il ne fût pas lui, cet époux qu'elle méprisait avec facilité, cette cible

110

déclarée de toutes ses colères. S'il était bien Octave, alors il était également virtuose pour l'entraîner dans des questionnements qui partaient tous du présupposé qu'elle était conquise, ficelée pour ainsi dire ; car il était évident que les demandes d'Octave n'appelaient aucune réponse mais visaient bien à créer par touches un contexte dans lequel Jeanne se coulerait malgré elle dans un rôle fiévreux d'amoureuse. Qu'elle s'en aperçût ou non était au fond secondaire tant il peut être grisant pour une femme de voir un homme dominer la montée graduelle de son évanescent désir, tout en jugulant le sien, plus précis.

Mais l'enthousiasmant dans tout cela était que Rivière lui eût ainsi fourni l'envie de ne plus se pourrir la vie, et l'occasion de trouver seule le moyen de s'engager dans cette voie qu'ignorent les éternels assis ; ce qu'elle fit le jour même.

Informée de ce qu'elle ne serait plus appelée par Jeanne, en raison d'une désolante coupure de l'accès à l'international, Rose se contenta d'une acide et vicieuse conclusion :

— Vous me négligez tous. Je crois bien qu'il n'y a que ta sœur qui me comprenne... Au revoir, ma chérie.

Jeanne en eut un furtif pincement au cœur et, résolue, eut le courage d'attendre que sa mère la rappelât. Dès le lendemain, Rose téléphona. Comme pour se rembourser du coût de la communication, elle la harcela de commentaires subtils et culpabilisants, inaugura des reproches tout neufs. Jeanne tint bon. L'habitude fut bientôt prise par Rose d'assumer en râlant la facture de cette liaison. Mais sa pingrerie reprenant vite le dessus, les coups de fil s'espacèrent et furent plus brefs. L'étau se desserra ; Jeanne comprit alors qu'elle était capable de ne plus payer, dans ce cas particulier et en général.

Invitée à déjeuner chez des amis planteurs le dimanche suivant, elle arriva pour la première fois avec au bout du bras droit un simple bouquet de fleurs, charmant mais modeste ; ce qui, pour elle, revenait à oser se présenter les mains vides. Elle les offrit sans en critiquer l'arrangement, n'éprouva pas le besoin de se reprocher immédiatement son choix et ne s'en voulut pas d'avoir accepté cette invitation plutôt que de consacrer son dimanche à autre chose. La journée fut belle.

Mais, en rentrant, Jeanne se montra inquiète de changer si vite et, comme pour se rassurer, elle appela Rose qui, cinglante, la soulagea un tantinet en la maltraitant. Puis, vers six heures, Jeanne vit arriver chez elle le major Webb, ex-cavalier toujours aussi gonflé de son importance, juché sur les échasses arquées qui lui tenaient lieu de jambes.

— Madame Rivière ? demanda le policeman, très britannique à voir.

— Oui, fit-elle en ouvrant la porte.

— C'est au sujet de votre mari et de ce bloody M. Rivière, l'autre...

Webb l'informa, avec toute la raideur requise pour lutter contre les mollesses du climat, qu'il menait sa diligente enquête, avec tact, et qu'il avait effectivement retrouvé la trace d'un M. Octave Rivière, domicilié pendant sept ans à Auckland, professeur de français appointé dans des institutions privées néo-zélandaises ; mais, malgré les documents qu'il détenait, son officielle certitude ne serait totale qu'après avoir reçu d'elle une assurance plus intuitive :

— Votre impression en tant que femme... quelle est-elle ?

Jeanne demeura pensive un instant, et répondit sa vérité en même temps qu'elle prenait conscience de ce qu'elle ressentait :

— Charmant... je le trouve charmant.

— By Jove ! Et votre mari ? fit Webb, saisi.

— Je le hais, oui. Totalement.

— Thank you very much, madame Rivière.

Le major Webb fit pivoter sa carcasse rigide et, sur le pas de la porte, ajouta avec ce bégaiement qui vous estampille une origine anglaise :

— Ah j'oubliais ! Le fffrère de votre mari fera la classe à votttre fils dès demain, c'est ammmusant, n'est-il pas ? Il remplace ma'me Petit pour tttrois mois, le temps que la remplaçante arrive. Sa gggrossesse est un peu difficile... Il n'est pas protestant mais les presbytériens ont l'esprit large. Good evening, m'am!

Jeanne sourit, et son expression n'escamotait rien de sa joie; elle venait de saisir pourquoi Octave lui avait tout à coup parlé de son vieil instituteur lorsqu'elle avait évoqué les difficultés de Max. Octave dominait le hasard, comme s'il eût été inquiet de s'en remettre à lui, de le fatiguer; tout chez lui venait à point, avec une méthode de cachottier, et s'ajustait dans un ordre calculé qu'elle découvrait peu à peu. Et puis Jeanne songea que cela lui permettrait de le fréquenter enfin, quand bien même il s'appliquait obstinément à l'éviter, du moins le croyait-elle. Cette perspective la remua plus vivement qu'elle ne s'y attendait. Jeanne ne comprenait pas que ce stratège s'ingéniait à la rejoindre de façon détournée. Elle s'avisa simplement qu'elle avait été imprudente de ne pas le revoir plus tôt, car il aurait pu interpréter sa réserve comme l'aveu de sentiments chambardants qu'elle ne parviendrait pas à réduire.

Caressée par la lumière du soleil tardif, usée par tout le jour, Jeanne sentit bien que cette idée lui procurait une onde de plaisir, tout en lui étant une gêne; elle appartint alors totalement à son émotion ambivalente. Autour d'elle le paysage moite s'anéantissait dans le crépuscule, déjà grignoté par les ombres bleues, sous un ciel encore suspendu où s'aggloméraient des nuages pourpres, prêts à s'effriter dans la nuit. Inquiète, elle ne voyait pas comment ignorer cet Octave dont la beauté conquise à force de volonté était l'expression même de ses attentes. Jeanne était une femme qui savait aimer les hommes, quand d'autres n'ont sous ce rapport aucun talent particulier ; cela aussi faisait partie des choses cachées qu'elle ne savait pas encore qu'elle savait.

En entrant dans la classe de l'école presbytérienne, Octave aperçut Max ; au moment
même où il le vit, il cessa de le regarder. Le
tumulte d'un chahut bourdonnait, s'enflait, tel
un cyclone incompressible, inondait la salle de
claquements de pupitres, de stridences braillées
et remplissait l'air de projectiles, sans que cela
retînt l'attention d'Octave, méthodique à ouvrir
sa serviette, à essuyer paisiblement le tableau
noir dans la tempête ; puis, soudain, il repéra
quelque chose, lança d'un geste ferme un tampon contre une fenêtre et brisa net une vitre.

Les enfants devinrent de cire. Serein, un sourire hésitant sur le bord des lèvres, Octave dit
alors :

— Je l'ai eue !

— Quoi ? fit le petit Ernest.

— La mouche, je l'ai eue, du premier coup.

La classe fixait d'un seul œil ce professeur qui,
pour tuer une mouche, cassait une vitre. Vingt-

quatre petites têtes d'élèves oublièrent d'un coup leur désir de mettre à l'épreuve ce nouveau maître, accaparés qu'ils étaient par cette conduite si singulière qu'ils n'osaient même pas rigoler. Le silence était en cet instant leur seul commentaire effaré.

— Jeunes gens, commença Octave, mon dernier poste, à Auckland, fut un calvaire. Mes élèves ont assassiné mon chien, oui, parfaitement. Ils l'ont brûlé... vif !

La nouvelle vissa les parpaillots à leur table, mit K.-O. cette classe réputée pour son insoumission imaginative et le négligé de ses manières. Que leurs semblables néo-zélandais eussent perpétré un crime canin aussi féroce les mit aussitôt du côté de leur instituteur, victime de cette infamie qui choquait leur amour des cabots. Tout en parlant, Octave dévisageait leurs huit ans, bobine par bobine, en esquivant soigneusement le jeune Rivière ; Max le sentit confusément mais, fasciné de retrouver chez cet homme l'évidente présence de son père, il n'en prit pas conscience tout de suite.

— Oui, poursuivit Rivière, ces petits monstres étaient des tueurs de chiens, et de sadiques élèves. Ils ont... à l'un de leurs camarades, non, je n'ose même pas vous rapporter ce qu'ils lui ont fait. Peut-être un jour...

L'énigme restait à violer et permettait tout un lot de suppositions, en incluant les plus effroyables. Puis, après une série de remarques saisissantes, lorsque les gamins furent gagnés par l'indignation de leur nouveau maître — qui, de ce fait, cessait d'être leur adversaire —, Octave se mit alors à raconter de dérisoires indélicatesses de ses anciens élèves. Commises par des tueurs de chiens, ces vétilles devenaient aussitôt condamnables :

— Ils m'ont aussi fait le coup du stylo qui fuit.

— Qu'est-ce que c'est ?

— Ils me rendaient des copies qui n'étaient pas propres, avec des taches... Et il leur arrivait même d'être en retard ! De cinq minutes et, parfois, de deux minutes.

Sur les bancs, chacun convint que ces renégats ne savaient pas vivre, que ce laisser-aller n'était que le corollaire de leur cruauté ; et tous acceptèrent ainsi qu'il leur faudrait désormais être ponctuels et un brin plus soigneux. Certes, ils ne s'y résolurent pas en une seule fois ; mais l'idée, ainsi présentée, ne leur parut plus contestable. En ne la formulant pas directement, Octave leur ôtait la possibilité de s'y opposer. Qu'elle leur fût suggérée alors qu'ils étaient encore déroutés par sa conduite — il venait de casser une fenêtre pour liquider une mouche ! — permettait d'avancer cette double exigence dans un moment où ils se trouvaient tous comme désamorcés, incapables de réagir ainsi qu'ils l'auraient fait en des circonstances plus habituelles. Pour achever de les maîtriser, Octave poursuivit :

— Mais vu que je trouve que mes élèves n'ont pas à être parfaits, en tout cas pas trop tôt, je... vous... demande de recommencer votre chahut, en affinant votre technique. Oui, vous m'avez bien entendu.

La classe resta à nouveau dominée par la stupeur.

— Eh bien, reprit Octave en se levant, je ne sais pas si vous allez interrompre ce nouveau chahut lorsque je viendrai me rasseoir sur cette chaise, ou juste après quand j'ouvrirai ce cahier. Vous avez le choix. Vous pouvez aussi chahuter immédiatement, ou attendre que je sois sorti de la classe. Je m'en remets totalement à votre choix, je vous fais confiance... maintenant. Certains d'entre vous peuvent en avoir envie... tout de suite, d'autres dès que je serai dehors, car je vais sortir une minute et dix-sept secondes. Vous aurez alors la possibilité de crier autant que vous voudrez en mettant vos mains en cornet pour que votre voix porte mieux, et de faire claquer les pupitres, mais cette fois-ci plus efficacement, plus fort, comme ça ! Et je reviendrai ensuite m'asseoir sur cette chaise-là, oui, la même. À présent, si vous le voulez bien, je vais refaire mon entrée dans soixante-dix-sept secondes.

Octave sortit sous l'œil éberlué des élèves

— pourquoi était-il si précis ? — qui, dès qu'il se trouva dans le couloir, lâchèrent leur furie bridée en exécutant avec méthode un deuxième chahut. Ils appliquèrent scrupuleusement les conseils avisés du maître pour mieux martyriser le silence ; et chacun put constater que le nouvel instituteur s'y connaissait en chahut puisque cela fit cette fois nettement plus de raffut. Une minute et trente-sept secondes après sa sortie, Octave réapparut. Plutôt que de regagner rapidement son bureau, il les intrigua en y allant en marche arrière, tout en faisant signe aux élèves de crier plus vigoureusement et de mieux claquer leurs pupitres ; puis il s'installa brusquement sur sa chaise. La moitié de la classe cessa de vacarmer. Il ouvrit enfin son cahier et... il n'y eut plus qu'un seul élève pour faire claquer son pupitre, obstinément, à cadence régulière.

C'était Max, le fils Rivière, celui à qui il avait refusé un regard.

— Messieurs, mesdemoiselles, sortez vos cahiers. Rédaction ! lança Octave à la classe en haussant le ton, avec une manifeste autorité.

Tandis que l'enfant poursuivait son martèlement, Octave écrivit au tableau : *Sujet — un élève a-t-il le droit de casser les pieds à tous les autres ?*

Les écoliers décryptèrent l'intitulé. Des pensées ironiques soufflèrent dans leurs cervelles et chacun jeta un œil en biais sur Max qui ne faiblissait pas, tandis qu'Octave s'interdisait tout commentaire. Deux minutes plus tard, il s'arrêta tout seul en marquant une certaine gêne ; puis il ouvrit son cahier comme les autres.

À l'heure de la récréation, rituellement dévolue au goûter, Octave le pria de rester avec lui.

— Max, je ne te félicite pas...

— ... pour le bruit ?

— Non... parce que pour énerver ta mère tu n'es pas très efficace. Je te proposerais bien une autre méthode, mais je ne sais pas si tu en es capable.

L'enfant resta muet, ratatiné de surprise ; il s'attendait bien que cet homme qui était peut-être son père le déroutât, mais pas ainsi !

— Tes notes sont toutes mauvaises, reprit Octave, ce qui n'est pas le meilleur moyen de l'agacer, de la rendre folle. Je suis même surpris qu'un garçon aussi intelligent que toi ne l'ait pas encore compris...

— Vous feriez comment ?

— Deviens excellent dans une seule matière, une seule. Mais pas tout de suite, bien sûr. Et puis attention, au début je t'interdis d'être bon dans les autres ! Comme ça, elle verra bien que, si tu le voulais, tu pourrais avoir des résultats corrects dans toutes les matières, puisque tu réussis dans une. Un idiot, lui, échouerait par-tout ! Mais là tu lui donneras la preuve que ça ne dépend que de toi. Elle aura l'impression que tu la nargues. Et si jamais tu devenais excellent dans une autre matière, par mégarde, je te promets que tant que tu le voudras, je te mettrai des mauvaises notes, juste pour l'énerver! Ou alors tu pourrais décider ensuite d'améliorer ton niveau matière par matière, à ton rythme et pas au sien, histoire de l'exaspérer, de façon qu'elle sente bien qu'elle n'a pas de prise sur toi, que c'est toi qui contrôles les choses. À toi de choisir.

— Mais... en quoi je pourrais être bon?

— Écoute... je comprends ton embarras, parce que... quand on regarde bien tes cahiers, on voit que tu es doué pour un tas de trucs, même si tu ne le sais pas... C'est vrai, c'est évident! Mais pour le choix de cette matière, tu peux prendre tout ton temps. L'essentiel, c'est que ça énerve bien ta mère! Je ne sais pas si tu vas décider ça ce soir en rentrant, ou juste avant de t'endormir pour avoir le plaisir de te réveiller demain en ayant trouvé, ou alors ce week-end! Tu peux réfléchir jusqu'à la fin de la semaine. Mais la seule chose que je te demande au début, c'est de continuer à être mauvais dans les autres matières. On est bien d'accord? Allez, va jouer!

Le petit Max ne savait toujours pas s'il écoutait son oncle ou son papa, mais il avait trouvé un père; et il en était tout illuminé, radieux sur les pommettes. Jamais Alexandre ne lui avait parlé ainsi, en épousant si finement ses préoccupations. Il sourit et fila rejoindre l'escouade de gamins qui crapulaient sous les flamboyants et jacassaient avec ardeur sur les bizarreries de leur nouvel instituteur. Tels des chiots encore ahuris, ils se trouvaient ravis d'avoir été apprivoisés ; et chacun voulut savoir ce que le maître avait confié à Max. Fier de cette intimité, ce dernier refusa de parler et conquit ainsi un rutilant prestige auprès de ses camarades.

Le soir, Jeanne était du nombre des mères qui pullulaient à la sortie, dans un vacarme humide de jeeps et de véhicules rustiques, une apparence de civilisation vrombissante pas encore récupérée par la jungle toute proche. Il y avait là des grappes de génitrices presque liquides, tout un fromage d'épouses moites à voir, enduites de vêtements trempés par l'air tropical épaissi de débris de gouttelettes, une tisane que les métropolitains avachis respiraient avec peine. Jeanne attendait à l'écart, immobile dans cette foule joyeuse, crépue et à peine européenne qui ondoyait dans les buées du soir, si bien que Max ne la vit pas en la frôlant. Il se coula sur la plage avec deux comparses, résolus comme lui à rentrer à pied en pérégrinant le long de la côte hérissée de palétuviers.

— Bonjour Octave..., lança-t-elle enfin.

— Ah... bonsoir, rectifia Octave. Je ne tenais pas à vous rencontrer, mais je profite de l'occasion pour vous dire que Max va continuer à vous agacer... Il a l'air d'y tenir, alors faisons en sorte qu'il continue mais de façon bénéfique pour lui, n'est-ce pas?

Aussitôt, il détourna le regard pour lui signifier qu'elle était belle à voir; et ce compliment muet eut sur Jeanne l'effet espéré, insidieux et délicieux, si réparateur de ses inquiétudes anciennes.

— Que lui avez-vous dit? reprit-elle.

— De persévérer! En ne changeant qu'un détail...

— Toujours vos un pour cent...

— Si Max vous énerve, dites-le-lui! Ne ratez pas une occasion! C'est le meilleur service que vous puissiez lui rendre... pour le moment. Et puis... je voudrais vous poser une question gênante, si vous m'y autorisez.

— Oui.

— Une question qui va réellement vous déranger. Vous pouvez encore me dire non... Je ne voudrais pas être désobligeant.

— Allez-y.

Après un long silence, Octave murmura:

— Pourquoi croyez-vous que je me sois mis sur votre gauche?

Jeanne eut alors une émotion vivace, écarlate sur sa peau, un vertige nauséeux dans lequel elle dégringola quelques instants, tant elle ne prévoyait pas cette remarque qui trahissait l'un de ses secrets les plus inquiètement gardés, derrière des pudeurs de petite fille. En sept années,

Alexandre lui-même n'avait rien flairé de cette surdité du côté droit, ce dérisoire handicap dont Jeanne concevait presque une honte, comme si cela eût amoindri sa grâce. Dans son esprit, il y avait là plus que de la coquetterie, une panique disproportionnée, incrustée au cœur de son caractère. Jeanne croyait que ce défaut, s'il était su, lui coûterait une part de son attrait. Et plus son mensonge s'était perpétué, plus l'aveu lui était apparu impossible, énormément ridicule.

Avec ingéniosité, Jeanne avait mis au point tout un système de vie, réglé ses attitudes en public et gouverné une partie de sa conduite pour que cette disgrâce ne fût jamais révélée. Cette obsession clandestine l'incitait à se placer toujours du bon côté dans les repas, à dormir sur la gauche des lits doubles, à prétendre qu'elle n'aimait pas les concerts dont les giboulées de notes affolaient son unique tympan valide. Elle avait même appris à lire sur les lèvres les moins mobiles, à l'insu de tous, pour ne pas être prise en défaut. Mais il était une circonstance glissante qu'elle redoutait plus que toute autre : les dîners où tout le monde babille en même temps. Décrypter une conversation lui devenait alors une pénible tracasserie, si bien que depuis la fuite d'Alexandre — dont la présence, jadis, la rassurait — Jeanne déclinait obstinément toutes les invitations nocturnes, de peur d'être démasquée ; et cette absurde terreur — car le risque était finalement mince — l'avait par degrés séparée de la société hébridaise. À Port-Vila, on savait que Jeanne Rivière se barricadait le soir dans une imprenable solitude. Elle n'acceptait que des déjeuners, qui réunissent ordinairement une société moins nombreuse. Et puis en plein jour elle était plus sûre de garder bien en vue les lèvres de ses interlocuteurs. C'est ainsi que cette folie bénigne restreignait son quotidien, contre sa volonté même ; car Jeanne aurait bien aimé se mêler aux nuits électriques de la minuscule capitale et il lui en coûtait de juguler son envie de danser, de se punir ainsi. Prisonnière, elle était, comme ces allergiques à l'avion qui s'interdisent le monde. Bien sûr, elle affirmait haut et fort goûter sa propre compagnie le soir venu. Elle ne trouvait alors pas de mots assez chatoyants pour expliquer qu'elle raffolait de ces heures enfin disponibles pour la lecture. Jeanne nourrissait en réalité une aversion marquée pour les romans ; mais elle préférait entretenir sa déraisonnable angoisse, cette subtile tension qui en définitive structurait sa vie, plutôt que de lui ouvrir des libertés.

Naturellement, détailler ainsi des arbitrages intimes et obscurs laissera à qui ne la connaît pas le sentiment que Jeanne était pour le moins étrange ; mais elle ne l'était pas davantage que les hommes et les femmes qui, de New York à Hambourg, zigzaguent chaque jour entre leurs peurs. Les humains sont ainsi, habiles à dissimuler les invisibles contraintes qu'ils se figurent, à taire les irréels précipices que leur esprit malade leur fait voir, tout persuadés qu'ils sont que les impossibilités auxquelles ils croient existent bien. En cela, Jeanne était une personne ordinaire, vrillée par des démences qui ne surpassaient guère celles qui assujettissent l'espèce dans son ensemble.

Mais la question d'Octave la laissa sans défense, et finalement colorée de plaisir tant elle était désormais certaine qu'il ne pouvait pas être Alexandre. Elle ne s'était jamais ouverte à son aveugle de mari de ce secret choyé, et il ne figurait pas non plus dans son cahier rouge.

— Aurais-je dû me taire ? reprit Octave.

— Comment l'avez-vous su ?

— Je suis un homme qui aime s'interroger.

— Et ?

— Je me suis demandé pourquoi on ne vous invitait jamais à dîner en ville. Dans le même temps, je me suis aussi demandé pourquoi vous vous mettez systématiquement sur ma droite lorsque vous m'abordez... et si ces deux faits, apparemment sans lien, une fois associés pouvaient présenter une signification particulière.

Jeanne goûta alors le délice de se savoir comprise, transpercée par ce regard ingénieux qui l'évitait obstinément. Cette remarque farcie de sous-entendus disait toute sa vérité, sans qu'elle eût à en dessiner elle-même les subtilités. Là était bien sa jouissance la plus enivrante : être devinée... observée scrupuleusement, reconstituée à partir de déductions et enfin reconnue dans sa sinueuse complexité. Ce sport la ravissait lorsqu'il s'appliquait à sa personne si dissimulée, qui plus est avec un tact qui tranquillisait ses pudeurs.

Stratège, Octave ne se gaspilla pas en explications pour lui démontrer qu'il était absurde de refuser tous les dîners qui s'offraient à elle. Au contraire, il eut l'esprit de la confirmer dans ses appréhensions, la félicita pour sa prudence, s'étonna sans la moindre ironie qu'elle eût le courage de renoncer à tant de plaisirs pour une aussi valable raison. Octave savait d'instinct que l'on ne rejoint un être qu'en adhérant d'abord à ses perceptions déraisonnables, en pénétrant le maquis de ses inquiétudes. Puis, quand Jeanne parut en confiance, radieuse de n'être pas contestée, après qu'elle lui eut bien détaillé l'ampleur de ses craintes indéniablement justifiées, et qu'il lui eut raconté le sort d'une femme de ses amies dont le charme était évidemment diminué, brouillé pour ainsi dire, depuis que tout Auckland savait qu'elle était aveugle d'un œil, Octave eut brusquement l'astuce de dire :

— Mais je connais un moyen infaillible pour ne jamais vous faire repérer à table, lors d'un dîner. Infaillible !

— Ça m'étonnerait bien... depuis le temps que je réfléchis à la question !

— Infaillible, je vous dis.

— Et c'est quoi, votre formule magique ? lâcha-t-elle sur un ton railleur.

— Avez-vous déjà chassé le crabe des cocotiers ?

— Non, pourquoi ?

Octave se lança alors dans une laborieuse description de techniques canaques de chasse, aussi rasantes à exposer qu'à écouter, tandis que Jeanne, elle, piaffait un peu, curieuse malgré tout de connaître la méthode infaillible qu'il venait d'évoquer. Son impatience augmenta d'autant plus vite qu'elle était en réalité friande de tout ce qui pouvait la soulager de cette terreur qui la mordait sans relâche. Comme il s'appliquait toujours à ne pas la regarder, elle eut au moins la satisfaction de constater que son charme, aux yeux d'Octave, ne s'était pas éteint depuis qu'il avait percé son secret. Mais ce luxe d'explications dont elle n'avait que faire — pourquoi diable lui parlait-il soudain des crabes des cocotiers ? — commença à l'irriter, tout en la faisant à son insu sortir de son humeur ironique.

— Qu'est-ce que c'est votre truc infaillible ?! explosa-t-elle.

— Pourquoi me coupez-vous la parole ? Le crabe hébridais ne se capture pas de la même façon que le crabe de Lifou, oui, parfaitement! Et je suis sûr que vous ne devinerez jamais pourquoi.

— Non...

Pendant un quart d'heure encore, Octave parvint à repousser l'instant de sa réponse, jusqu'à ce qu'elle eût réellement envie d'écouter ce qu'au départ elle n'était pas prête à entendre. Ce travail sur ses dispositions fut accompli avec une telle niaiserie — pourquoi ne voyait-il pas qu'il l'ennuyait? se demandait-elle — qu'elle ne flaira rien. Exténuée, elle finit par demander :

— Bon, c'est quoi ce truc infaillible?

— Infaillible est un peu excessif. Je ne devrais pas me laisser aller à ces mots définitifs. C'est terrible, je commets toujours cette faute qui décrédibilise mes paroles. Je crois que j'aurais dû employer un adjectif plus modeste, oui, un de ces qualificatifs mollassons, moins péremptoires, parce qu'après tout je peux me tromper...

— C'est quoi votre idée?

— Quelle est la seule personne qui, dans un dîner, peut se lever et sortir de table à tout instant pour éviter une question embarrassante?

— La maîtresse de maison...

— Continuez à ne pas aller dîner en ville, c'est plus prudent, au cas où une question vous serait posée alors que vous ne suivez déjà plus la conversation.... Mais faites des dîners, invitez vos amis. Chez vous, à votre table, vous serez en sécurité pour renouer avec les gens, et pour danser ensuite.

Ce qu'il n'ajouta pas, c'est qu'elle n'avait pas d'autre choix puisque plus personne à Port-Vila ne la conviait le soir depuis longtemps ! Jeanne opina, tant cette suggestion de bon sens lui parut recevable, excellente même, car elle respectait à la fois sa folie particulière et son désir de s'amuser, son avidité de danser, de se couler dans les rythmes où finit la raideur. Aussitôt, elle voulut organiser un grand dîner, suivi d'un bal peut-être masqué.

— Vous viendrez ?

— Vous ne trouvez pas curieux que je vous aie parlé aussi longuement des crabes des cocotiers ? Reconnaissez que j'étais très très emmerdant, non ?

— Oui !

— C'était pour vous faire désirer ma suggestion que vous n'étiez pas disposée à accepter au début de notre conversation. Je vous l'avoue puisqu'à présent vous êtes bien résolue, je le vois, à organiser rapidement cette fête à laquelle je ne viendrai pas, naturellement.

— Pourquoi ?

— Je vous ai demandé quelque chose de précis. Vous ne vous en souvenez pas ?

— Quoi ?

— Je vous ai demandé comment vous entendiez faire pour prévenir chez vous le moindre trouble sensuel en face de moi. Alors je vous répète ma question. Êtes-vous en mesure dès à présent de m'expliquer comment vous vous y prendrez pour vous défaire de vos sentiments me concernant, s'ils survenaient ?

— Vous êtes d'une suffisance...

— Non, je ne suis pas suffisamment odieux puisque vous êtes là... Et une fois encore, tant que vous ne pouvez pas répondre à ma question, je préfère vous éviter. D'autant que chaque fois que vous venez me voir nous nous rapprochons de notre septième rencontre, ne l'oubliez pas. Et vous savez ce qui se passera — et que je ne souhaite pas — si cette septième rencontre a bien lieu. Bonsoir !

Et il s'éloigna, la laissant fondante, drastiquement accablée par les chaleurs que leur infligeait l'équateur. Jeanne suintait de rage contre cet homme qui savait aussi bien plaire à ses sens que l'horripiler. Désorientée, elle se trouvait devant lui irrésistiblement entraînée par les désirs de changement qu'il suscitait en elle, et blessée d'être rejetée. Lorsqu'il s'adressait à elle, Jeanne se sentait une fleur disposée à s'ouvrir malgré elle, traitée par un subtil botaniste qui l'aidait à croître. Mais pourquoi accomplissait-il tout cela ? Jamais aucun homme ne lui avait entrouvert tant de portes. Sans en avoir l'air, Octave éveillait ses ressources et contournait avec obstination ses réticences à vivre heureuse. Avec ses précautions camouflées et ses phrases truquées, il la conduisait à passer outre les peurs qui réduisaient son existence ; et elle le voyait bien, sans saisir toujours ses habiletés. Si Octave ne l'aimait pas avec fureur, pourquoi dépensait-il une telle attention ? Jeanne se savait nettement désirée par cet homme résolu à la tenir à distance. Mais dans le même temps, il mettait tant de persévérance à refuser de la regarder en face, à esquiver le péril d'un contact, qu'elle demeurait ahurie par sa conduite, inquiète même de la consistance des sentiments qu'elle lui supposait.

À la vérité, Rivière était de ces éperdus qui ne décolèrent pas de voir la femme dont ils sont fous prisonnière de ses croyances, ligotée par une idée d'elle-même qui la diminue. Ce cocktail de souffrances répétées et d'invraisemblables automanipulations qui astreignait Jeanne journellement lui était intolérable, le heurtait comme tout ce qui paraît inéluctable ; mais, en l'espèce, son exaspération était plus vive encore. Car Jeanne était celle qui, par la seule qualité de sa présence, lui donnait accès à l'émotion de la vie, si difficile à atteindre pour lui. Et puis, Octave était aussi touché par Jeanne que par les talents qui restaient à naître en elle, ces territoires inexplorés qu'il devinait derrière ses singulières folies. Plus il avançait vers l'homme qu'il rêvait d'être, plus l'amour lui était apparu comme l'art de délivrer une femme de ses cages intérieures, des pièges qui l'empêchent de s'élancer vers elle-même. Affranchir Jeanne de son enfance fracassée, la désentraver de son présent, jeter pour elle d'invisibles ponts vers un avenir élargi mobilisait tout son caractère et le faramineux désir qu'il avait d'elle.

Octave savait qu'il ne s'échapperait de ses propres peurs qu'en libérant Jeanne des siennes ; car il était clair que, par un étrange jeu de miroir, cette femme lui renvoyait très exactement l'image de ses propres limites, celles qui le révoltaient le plus. Était-elle dominée par une mère tutélaire ? Elle n'était pas la seule... Un rien — la découverte de sa surdité du côté droit — pouvait-il fragiliser la mince confiance qu'elle avait dans son attrait ? C'était aussi son cas. Rivière était au fond convaincu de son insuffisance, qui le rendait inapte à mériter la moindre attention d'une fille. L'exaspération qui le gagnait lorsque Jeanne se pourrissait la vie avec méthode n'était que l'écho des paniques extraordinaires qui l'asphyxiaient quand il se surprenait à compliquer son propre sort, à saboter son quotidien en s'interdisant par exemple de ressentir du plaisir. Il étouffait de rage d'être coincé dans un naturel aussi peu enclin à la satisfaction, de se voir soumis à un tempérament de forcené qui le portait à se projeter toujours en avant plutôt que de jouir des féeries de l'instant. Soigner Jeanne d'être elle-même était pour Rivière une façon de se soulager de n'être que lui-même.

Octave était convaincu que le Mal, l'œuvre tenace de Lucifer, est d'enfermer à leur insu les hommes et les femmes dans une image de soi stable, nécessairement mortifère puisque cristallisée sur un moi déjà définitif qui empêche d'être toutes les figures de soi-même, de devenir. Derrière chaque insidieuse sclérose, chaque trouille de continuer à se créer, il voyait le diable, toujours résolu à se surpasser.

Mais même un observateur averti n'aurait pas su dire pourquoi cet homme se refusait à aimer physiquement Jeanne, dont l'enveloppe était un vigoureux rappel aux plaisirs des sens. Voulait-il sincèrement ne pas remettre une femme entre lui et son frère, au cas où Alexandre reviendrait aux Nouvelles-Hébrides ? Ou — si c'était Alexandre — craignait-il d'être démasqué dans la fièvre d'une étreinte ? Déconcertée, Jeanne n'avait plus qu'une certitude : elle se savait prête à être rencontrée.

— M'sieur, fit Max, je serai bon en calcul, et rien qu'en calcul.

— Rien qu'en calcul! reprit Octave, pour le reste j'attends de toi que tu continues à être mauvais ou très mauvais, tu as le choix. Ça rendra ta mère folle! Et si jamais tu réussissais par hasard un exercice de grammaire, je m'engage à te coller une mauvaise note, le temps que tu voudras. On est bien d'accord?

— Ça la rendra folle! répéta Max, avant de filer dans la cour.

Et effectivement, Max améliora rapidement ses talents en calcul, tout en s'appliquant à rester mauvais ailleurs, avec le souci très scrupuleux de rater avec soin ses devoirs de géographie ou d'oublier les récitations qu'il savait, quand auparavant il échouait par négligence. Comme l'avait prévu Octave, Jeanne ne manqua pas d'en être agacée, prodigieusement:

— Qu'est-ce que tu as? Tu vois bien que

quand tu veux tu peux! ne cessait-elle de lui seriner.

Mais Octave n'avait pas pronostiqué que cette situation délicieuse conviendrait trop à Max pour que, par la suite, il consentît à poursuivre sa progression dans les autres matières. Avec une belle constance, marquant ainsi une maîtrise admirable de sa conduite, il demeura excellent en calcul et nul en tout. L'idée d'Octave d'introduire un changement dans la vie de Max pour qu'il s'imaginât capable d'en déclencher d'autres n'opéra pas comme il l'avait escompté.

En revanche, dans le cas de Jeanne, ce processus espéré se vérifia dans son quotidien. Dès que sa mère venimeuse eut relâché son emprise, Jeanne se sentit moins d'humeur à se compliquer la vie avec zèle, plus encline à se ménager. Elle recommença à organiser de fréquents dîners dansants, à recevoir une nombreuse société, malgré son oreille défectueuse. Puis elle arrêta peu à peu de faire le ménage chez elle juste avant le retour de Lucie, la jeune employée mélanésienne chargée de cette tâche. Jeanne trouva également la volonté de ne plus se laisser entraîner dans des situations qui faisaient d'elle une victime de choix; elle prit donc quelques distances avec Lucie.

Extraordinaire manipulatrice, cette dernière excellait en effet à obtenir de Jeanne mille attentions, une écoute qui dévorait son temps libre et de menus avantages, en faisant vibrer chez sa patronne une sourde culpabilité d'appartenir au peuple colonisateur, fautif d'être blanc. Usant avec dextérité de ce sentiment, elle parvenait à ce que Jeanne exécute l'essentiel de son travail, et à prévenir le moindre reproche. Les absences extravagantes de Lucie constituaient un acquis à mettre au compte du rééquilibrage nord-sud, tout comme le terrain qu'elle avait grignoté jour après jour. Après cinq années de recul, Jeanne s'était même résignée à céder à Lucie sa propre chambre, à la suite d'une algarade avec la tribu de son mari. Depuis ce jour, toute la famille Rivière était condamnée à mastiquer des ignames car Lucie ne supportait pas la cuisine occidentale.

Loin de quitter tout à fait les folies auxquelles elle avait si longtemps tenu, Jeanne eut l'idée (spontanée?) de les conjuguer autrement, de façon positive. Plutôt que d'évacuer la redoutable Lucie — ce qu'elle n'avait pas le courage de faire —, elle s'avança un matin vers elle avec une mine réjouie en lançant :

— Lucie, j'ai une bonne nouvelle pour vous!

— Ah...

— Je vous trouve débordée de travail. J'ai donc décidé de vous mettre au repos huit jours. Vous pourriez aller voir votre mère.

— Ah!

— Marthe viendra vous remplacer. Par la suite, elle vous aidera.

— Qui est Marthe ?!

Naturellement, Lucie ne laisserait jamais cette Marthe fictive s'établir sur son territoire. Sitôt que Lucie retournait à son naturel peu enclin à la besogne, Jeanne revenait à la charge :

— Je vous sens épuisée, Lucie, allez vous reposer chez votre mère ! Vous en faites trop, vraiment, vous allez vous détruire la santé ! Reposez-vous, même une heure !

— Pas du tout, je suis en pleine forme

Et Lucie retrouvait une opportune énergie, de crainte que sa flemme ne pût encourager le projet de sa patronne.

En utilisant des injonctions de cette nature — que Lucie ne pouvait contester directement, puisqu'elles lui prescrivaient d'exécuter ce qu'elle faisait déjà —, Jeanne réussit même à réintégrer sa chambre. À chaque étape, elle s'appliqua à bien créer un contexte qui interdisait au monstre de la faire passer pour un bourreau. Cette précaution était essentielle car Jeanne se savait incapable de résister à une pression de ce type. L'astuce un peu bizarre qu'elle imagina un matin fut d'exiger de Lucie qu'elle fît désormais deux siestes par jour dans son propre lit.

— Pourquoi deux siestes ? demanda Lucie qui savait que sa patronne était certes étrange mais pas complètement cinglée.

— Parce que c'est moins que cinq, répondit

Jeanne avec une assurance qui acheva de dérouter la perfide Lucie, et elle ajouta :

« Cinq siestes, ce serait tout à fait excessif, voire ridicule, vous en conviendrez. Deux me paraissent plus convenables, une le matin, une l'après-midi. Puisque vous tenez à occuper cette jolie chambre, je veux que vous en profitiez pleinement. La vue est magnifique et le lit confortable, n'est-ce pas ?

— Oui, mais...

— Vous êtes comme moi, vous avez horreur du gâchis. Alors vous avez le choix : ou vous gardez ma chambre et vous faites deux siestes par jour, pour bien en profiter — nous ne reviendrons pas là-dessus —, ou vous vous installez dès aujourd'hui dans la chambre d'amis. »

Effarée, Lucie hésita un instant ; elle ne parvenait pas à saisir pourquoi quelqu'un de presque normal adoptait une conduite aussi décalée.

— Au fait, reprit Jeanne, sur le marché j'ai revu Marthe. Vous ne pensez pas que ce serait bien si elle vous remplaçait de temps en temps, quand vous êtes fatiguée ?

Le soir même, Jeanne retrouvait son lit.

Recourir à de tels procédés sinueux pour réintégrer sa propre chambre prêtera à sourire ; mais c'est en ne surestimant pas ses forces que Jeanne parvint à commencer à changer. Elle trouva ainsi une assurance toute neuve qui, en s'affermissant par degrés, lui permit d'envisager un beau matin de cesser de verser dix pour cent de son salaire à Rose. Cette éventualité l'exposait toutefois au désagrément d'une intense culpabilité — comment oserait-elle ne plus payer cette perpétuelle rançon à une femme de soixante-cinq ans désargentée ? — et à une probable rupture avec la ligue de ses frères et sœurs qu'elle craignait plus que tout de contrarier.

Contre toute attente, ce fut Lucie qui, à son insu, lui suggéra la bonne méthode en lâchant un soir :

— Quand ma sœur me demande de l'argent, je lui donne du travail !

Elle s'y connaissait, Lucie, dans l'art subtil de ne pas se laisser diriger par autrui... Jeanne reprit l'idée, eut assez d'esprit pour l'affiner et téléphona un jour à Rose :

— Allô, maman ? J'ai de graves difficultés d'argent... Je t'expliquerai. Je ne pourrai pas te verser ta mensualité. Mais est-ce que toi tu pourrais me donner cinq cents francs par mois jusqu'à la fin de l'année ?

À l'autre bout du fil, Rose faillit s'évanouir ; cette inversion brusque de leur relation eut sur le crotale l'effet d'un sévère cyclone. Rose ne plaisantait pas avec le numéraire. En en réclamant un peu — ce qui déplaçait l'objet apparent du débat — plutôt que d'annoncer sèchement la fin de ses versements, Jeanne avait trouvé une façon habile d'oser parler à sa mère. Étourdie, mais

forces. Elle demeurait à son insu sous l'influence des suggestions voilées d'Octave. Sans cesse, elle retournait les questions précises qu'il lui avait posées, sans comprendre que les réponses lui importaient peu. Son désir réel était qu'elle fût bien préoccupée par le méli-mélo d'interrogations qui la remuaient à présent. Comment pouvait-elle l'assurer qu'elle saurait se défaire d'éventuels sentiments à son endroit? Par quelle manœuvre réussirait-elle à diminuer un jour ce que sa chair lui murmurait déjà? Jeanne ne saisissait pas qu'Octave, comme à son habitude, décalait avec virtuosité la question véritable pour en imposer le présupposé. Quand il cherchait à aider un enfant qui pissait au lit, il ne lui disait pas *je veux que tu cesses de faire pipi au lit* mais *je ne veux pas que tu cesses trop tôt de pisser au lit, ce serait dangereux.* Il se focalisait alors sur un aspect secondaire — en l'occurrence le moment où le petit deviendrait propre — plutôt que d'aborder de front le tracas de son interlocuteur. Toujours, il évoquait une chose pour mieux en obtenir une autre, en empruntant des routes détournées.

Jeanne était donc occupée par des questionnements qui, indirectement, la persuadaient qu'il y avait lieu de se demander si elle était éprise ou non. À force d'examiner cette hypothèse, l'éventualité de sa passion pour cet homme devenait pour elle une réalité, mieux, une évidence! Et plus Jeanne s'en apercevait, moins elle se sentait capable d'opposer à l'émotion tenace, flamboyante et proche de la panique qui la gagnait, sa réserve qui, pourtant, demeurait vive, tant elle-même demeurait rétive à se livrer, à risquer une autre fois son cœur qui ne savait qu'aimer absolument. Cernée, elle se voyait à présent traquée par d'inévitables sentiments, fatals et mordants, qui la conduisirent à rechercher d'opportunes occasions de fréquenter Octave.

C'est ainsi que, *par hasard*, ils se croisèrent sur le marché, un samedi matin. Jeanne se mit aussitôt dans la queue qui chenillait devant un étal de poissonnier, juste derrière Rivière.

— Bonjour !

— Ah ! Bonjour...

Autour d'eux, une tenace mauvaise humeur dominait les tempéraments ; on s'irritait des lenteurs de la vendeuse. Les visages étaient fermés. Spontanément, Octave dit à voix haute :

— Hier, Jeanne, vous auriez bien rigolé avec moi. J'étais en train de faire la queue devant le cinéma de plein air, et les gens râlaient, alors qu'ils allaient voir une comédie ! Ils y allaient pour se faire plaisir, et ils râlaient ! Et il n'y en avait pas un pour s'apercevoir du ridicule de la situation, pas un pour sourire, ou pour en rire.

Aussitôt les impatients se mirent à sourire, sans voir quelle influence Octave venait d'exercer sur eux en stigmatisant le ridicule d'une attitude grincheuse. Mais Octave ne l'avait pas fait à dessein. Avec naturel, sans même y penser, il manipulait autrui pour replacer chacun dans le sens de la vie, pour que les êtres quittent la prison de leur esprit négatif, ne fût-ce qu'un instant. Partout, sa présence irradiait, faisait reculer le gris.

Puis Octave inspecta le panier de Jeanne et lui murmura :

— Ce n'est pas en mangeant ça que vous réussirez à perdre les deux kilos qui vous embêtent... qui vous pourrissent la vie !

Jeanne rougit, se consuma de gêne ; car il était exact que ces deux frêles kilos l'insécurisaient comme s'ils eussent été vingt obèses kilos. Ils lui faisaient obstinément éviter le péril d'un maillot de bain et craindre la nudité face à un homme décisif. Elle parvint cependant à se ressaisir et lança :

— Ça se voit tant que ça ?

— Vos kilos, non, mais votre inquiétude, oui, répondit-il à voix basse, pour forcer Jeanne à tendre l'oreille. Vous vous donnez trop de mal pour être jolie. Votre coiffure exagérément soignée, votre maquillage, tout cela m'indique que vous ne croyez pas du tout à votre beauté. Et si je vous dis que vous êtes sexuellement attirante, je suis certain que vous allez protester.

Jeanne resta un instant immobile. Tout en la touchant, l'audace de cette remarque la laissa pantelante. Répondre *oui*, c'était lui obéir, ce qui l'agaçait; et elle sentit bien qu'articuler un *non* revenait à se conformer à ce qu'il désirait entendre. Alors Jeanne se tut, feignit de ne pas avoir écouté et reprit le contrôle de leur échange :

— Pour les deux kilos, que me conseillez-vous?

— Ma suggestion peut attendre que nous en ayons fini avec le poisson...

Quelques minutes plus tard, ils s'établirent à la terrasse d'un petit coin de Paris exilé sous les nuages hébridais. Ce minuscule café défiait à lui seul les tropiques et s'appliquait à demeurer français jusque dans les détails accumulés, malgré l'ambiance mélanésienne et l'essoufflante moiteur qui liquéfiait la clientèle, serrée, occupée à ruisseler dans un air déjà respiré dix fois.

— Alors? fit Jeanne.

— Qu'est-ce que vous penseriez de perdre cinq cents grammes?

— Pourquoi?

— Comment arrive-t-on à vider un bateau rempli d'eau, trop lourd, sur le point de couler, quand on dispose d'une écope? D'un coup, ou...

Intérieurement, elle pensa :

— Petit à petit, en écopant.

Puis il ajouta :

— Je ne suis pas sûr que vous ayez vraiment envie de perdre ces deux kilos.

— Pourquoi dites-vous ça?

— Vous avez peur de vous déshabiller devant un autre homme qu'Alexandre, et ça vous a aidé jusqu'à présent à lui rester fidèle, n'est-ce pas ? Je ne suis donc pas certain que vous soyez prête à lui être infidèle, car c'est ainsi que vous percevez encore le fait de coucher avec un autre homme... Naturellement, je peux me tromper. Mais enfin... il est indéniable que vous portez votre alliance.

— Effectivement...

— Je ne peux vous aider que si vous répondez avec précision — et de façon brève, c'est essentiel — à toutes mes questions, même s'il y a des choses que vous ne voulez pas que je sache, des choses que vous n'avez pas du tout envie de me révéler. Nous pourrions donc commencer par ce dont vous avez peut-être envie de me parler maintenant, sans que vous en soyez forcément consciente : chez vous, prenez-vous des bains ou des douches ?

— Des douches, pourquoi ?

— Racontez-moi d'abord avec précision comment vous faites pour prendre votre douche, chacun de vos gestes avant, pendant et après. Surtout soyez brève et n'hésitez pas à vous perdre dans les détails !

Désorientée par cette injonction contradictoire, Jeanne lui peignit avec pudeur ce qu'elle accomplissait ordinairement, poussée par les questions incroyablement techniques d'Octave

— le robinet de la douche était-il fermé grâce à un demi-tour ou un quart de tour? — qui accaparaient son attention par leur incongruité, jusqu'à ce que, par petites touches, elle se représentât enfin son propre corps nu, devant lui. Puis il ajouta, pour qu'elle se figurât plus nettement encore sa nudité :

— Maintenant, si après vous être séchée avec beaucoup de soin — j'insiste — vous deviez vous enduire de crème solaire, pour faire de l'intégral, est-ce que vous commenceriez plutôt par vos épaules ou par vos fesses? Spontanément, votre main se porterait sur vos seins ou vos cuisses? Spontanément!

Aussitôt, Jeanne pensa à ces parties d'elle; et cela la força à nouveau à revenir sur son anatomie qu'elle avait cessé d'aimer et de considérer depuis qu'Alexandre l'avait abandonnée. Pour la première fois depuis deux ans, Jeanne retrouvait ses formes, une conscience réelle de son corps radieux.

— Et je me demande, reprit-il, si votre culotte — celle que vous portez actuellement — est assez large pour masquer totalement les poils de votre pubis! Je me demande aussi si vos seins portent la marque d'un maillot ou s'ils sont dorés comme vos jambes... qui sont de la même couleur que vos mamelons, n'est-ce pas?

Sans contrôler ses pensées, Jeanne songea brusquement à son sexe, à ses jambes et à sa poitrine ; et elle se perçut automatiquement sous les traits d'une femme assurément désirable, à nouveau sexuée. Le culot de ces réflexions hardies lui semblait tel qu'elle ne soupçonna pas Octave de restaurer ainsi sa féminité blessée, de lui rendre par là une confiance évanouie que, jadis, Alexandre lui offrait et qu'il lui avait retirée en déguerpissant sans un mot.

— Vous êtes gonflé, avec vos questions..., se contenta-t-elle de dire.

Puis Jeanne revint à sa première préoccupation :

— Vous ne voulez pas me dire comment maigrir ?

— Si, et je vous garantis que ça va marcher, si vous respectez scrupuleusement ce que je vais vous demander. Vous allez rentrer chez vous, prendre une douche et accomplir exactement — j'insiste — ce que vous m'avez dit que vous faites d'habitude. Et puis...

— ... quoi ? finit-elle par demander.

— Pour que ça marche, il faudrait que vous acceptiez quelque chose d'énorme, de peut-être désagréable pour vous, un détail très dérangeant.

— Quoi ?

— Il faudra que je sois dans la pièce d'à côté. Pas dans la salle de bains, bien sûr, mais dans la pièce d'à côté. Seul ou avec vos enfants.

— C'est tout ? s'étonna-t-elle, sans deviner qu'il avait dramatisé le préambule pour que sa requête effective lui parût anodine, surtout dès lors qu'il acceptait la compagnie de Max et de Bérénice.

— Oui, reprit Octave, mais ça me semblait un peu grossier de m'imposer chez vous. Donc, pendant que nous terminons ce verre, on peut décider d'y aller tout de suite ou un peu plus tard, comme vous voulez?

L'invitation paraîtra moins étrange si l'on sait que les métropolitains suintaient aux Hébrides tout ce que l'étuve du climat leur faisait dégorger et qu'il n'était pas rare, pour se rincer de soi-même, de prendre plusieurs douches par jour.

— Mais..., reprit Jeanne, pourquoi pensez-vous que ça me fera perdre mes kilos?

— Vous le saurez quand vous vous sécherez devant un miroir. Pas avant. Vous avez bien un miroir? D'assez grande taille? La taille est très importante...

À nouveau il l'entraînait sur le mauvais terrain, pour mieux désamorcer ses réticences. Une heure plus tard, Jeanne était sous sa douche. Elle songea alors qu'Octave, derrière la cloison de planches, savait précisément quels gestes elle exécutait, et qu'il se les représentait probablement. Il n'était pas d'effleurement, de grattement ou de pognade dont elle ne l'eût mis au courant. Chacune de ses caresses savonneuses se chargeait donc d'un érotisme particulier, comme si sa propre main la frôlait pour le compte de

Rivière, dans une confusion recherchée par elle. Jeanne s'appliqua même à respecter le menu précis qu'elle lui avait détaillé, pour que de son côté Octave ne perdît pas le fil de ce mental corps à corps dont elle le supposait friand ; et elle était émue à en pleurer de cet exercice d'imagination, de se sentir enfin précieuse dans ses mains à lui qu'elle se figurait en appliquant les siennes sur ses jolies courbes. Jamais peut-être elle n'avait éprouvé sa féminité avec plus d'intensité. Cette impression augmenta encore lorsque Jeanne se sécha devant le miroir, en se scrutant, en observant avec un plaisir tout neuf cette nudité qu'Octave paraissait contrarié de désirer. Alors Jeanne comprit que deux kilos ne sont rien pour qui se sait convoité. Elle admit également qu'elle était prête à s'en délester puisqu'elle se trouvait disposée à tenter un quitte ou double avec un autre homme qu'Alexandre, à quitter cette retenue qui demeurait un dernier lien avec le père de ses enfants. Certes, Jeanne avait connu quelques abandons fugaces, mais sa fidélité à son rêve d'un mariage réussi l'avait pendant deux ans empêchée de s'occuper d'elle, de jouir d'un corps désirable à ses propres yeux ; comme si maigrir eût été le signal de sa disponibilité réelle. Voilà ce que Jeanne saisit en regardant bien son reflet dans la glace, cet envers d'elle-même qui la remettait à l'endroit.

En sortant de la salle de bains, Jeanne se

sentait réparée, guérie de s'être négligée si long-temps — deux kilos pèsent parfois un poids étrange dans l'esprit d'une femme — et complète-ment amoureuse de celui qui avait permis cette conversion, cet homme qui savait tailler, bou-turer et cultiver sa féminité, redessiner la percep-tion qu'elle avait d'elle-même. Un grand mor-ceau d'émotion lui barrait la gorge lorsqu'elle appela :

— Octave ?

Ce fut Max qui répondit :

— Il vient de partir. Il a dit que tu savais pour-quoi et que c'était votre sixième rencontre, la sixième, il a bien insisté. Regarde mon carnet de notes... En calcul, j'ai eu dix sur dix toute la semaine !

Frappée de déception, quasi chancelante, Jeanne adopta un air détaché et s'efforça de paraître concernée par le bulletin de notes. Ses lèvres non embrassées articulèrent quelques reproches à Max, puis elle jeta un chemisier sur les épaules que Rivière n'avait pas caressées ; toute sa peau négligée frémissait de colère, ses reins aussi se raidissaient de n'avoir pas été enlacés. Elle se moquait bien que ce Rivière fût Octave ou Alexandre ! Ses sens avaient reconnu l'homme qui leur convenait impeccablement, pour le grand saut dans un amour sans retenue. Mais, devant les enfants, elle se montra une mère presque entièrement attentive, à peine une

153

femme, tout en se jurant de culbuter bientôt le rétif. Jeanne ressentit un désir rempli de bouillantes impatiences — elle était d'ailleurs certaine que c'était leur quatrième rencontre, et non la sixième —, tandis que dehors le ciel bas vidait son ventre, ses bourrelets de nuages, dans une averse jaunâtre de souffre volcanique, quasi urinaire. L'excès de cette nature océanique qui crépitait sous les gouttes épaisses faisait écho à ses appétits énormes. Indifférente à tout, Jeanne avait désormais la fièvre de croquer cet homme, cette fringale pas négociable qu'ont parfois les femmes.

Le convoité était assez déconfit, presque chagrin de n'avoir pas mieux dénoué les difficultés de Max qui, à l'école, persévérait toujours avec éclat dans la nullité. Seul le calcul mobilisait toute l'excellence dont il était capable, sans que le goût lui fût venu de faire le virtuose dans une autre matière. Plutôt que d'espérer une salutaire contagion qui tardait à se produire, Octave retint donc un soir le petit Max, après la classe. Une reprise en main de l'animal devenait urgente : à la maison, Max demeurait impraticable, violent parfois quand Jeanne s'opposait à lui. Briseur sans vergogne de lampes, de rampe d'escalier, il était à présent capable de se blesser lui-même lorsqu'une cyclonique colère le possédait. Sa mère en était effrayée, étourdie de panique certains soirs.

Octave savait que Jeanne souffrait énormément de la conduite de son fils ; dans l'esprit de Rivière, aimer Jeanne signifiait donc soulager une mère, faute de quoi il était clair qu'elle n'aurait guère la disponibilité de se souvenir qu'elle était également une femme. Il ne concevait pas de plaire à Jeanne sans tenter de réduire sa détresse et celle de ce garçonnet qui portait son nom.

Une question simple le lancinait : qu'est-ce qui, en lui, s'opposait à ce que Max fît de réels progrès, à son désir d'aider cet enfant ? Ne lui aurait-il pas, à son insu, donné l'ordre implicite d'agir comme il le faisait ? Octave eut cette curiosité, et l'honnêteté, de s'interroger sur ses ambivalences, attitude peu répandue chez les professeurs. Il se demandait si, au fond, ce n'était pas lui qui, de façon trouble, induisait l'échec de Max dans les autres matières que les mathématiques, lui qui maintenait cet enfant dans une orgueilleuse révolte contre sa mère.

Et il dut convenir que le caractère dont faisait preuve le jeune Rivière ne lui déplaisait pas. À la fois surdoué et médiocre, Max gagnait ainsi son admiration et marquait avec insolence sa fidélité à un héritage familial. En persistant à poser des problèmes, l'enfant lui permettait également de se complaire dans son goût pour la résolution des symptômes difficiles. Mais il était un point plus sensible sur lequel Octave accepta de s'appesantir : désireux de plaire à cet oncle qu'il regardait comme un père, Max paraissait avoir endossé le ressentiment sourd de Rivière à l'endroit de Jeanne, comme s'il eût souhaité faire payer à sa mère les colères rentrées de son oncle ou père. Alors, pour la première fois, Rivière reconnut son envie que Max le considérât comme son papa; et il en fut aussi étonné que touché. Dès lors, il ne rechigna plus à se laisser envahir par de paternelles émotions, nouvelles pour lui.

Lorsque Max vint le voir, il commença donc par lui dire :

— Je suis content de toi, tu es un vrai Rivière, un garçon réglo sur qui on peut compter. Tu t'étais engagé à rester médiocre dans les autres matières que les maths et tu as tenu parole. Alors, pour que tu te détendes, je voudrais d'abord que pendant deux jours tu t'arranges pour avoir de mauvaises notes en calcul, ou même de très mauvaises notes. Je ne crois pas très prudent que tu deviennes excellent trop vite. On pourra discerner comme ça s'il n'y avait pas pour toi des avantages à être mauvais en tout, de petits bénéfices que tu aurais perdus, hein ?

Max demeura ahuri quelques instants. Octave ajouta :

— Et puis, pour te récompenser d'être un garçon de parole, de n'être devenu bon qu'en maths, je t'ai apporté un cadeau, le même que celui que mon père m'avait offert pour mes huit ans.

La physionomie de Max se teinta de trouble;

on devine pourquoi. Le plaisir d'être une manière de fils pour cet homme qui faisait vivre les traits de son papa se voyait sur ses pommettes. Profitant de cet émoi qui, en désorientant le garçonnet, dissipait ses capacités à dire non, Octave précisa :

— Ce cadeau devrait t'aider à emmerder ta mère plus efficacement, à la rendre cinglée. Mais je ne sais pas si tu sauras le discipliner pour qu'il ne te complique pas la vie, oui j'ignore si tu auras assez de caractère pour lui dire non. Mais peut-être sauras-tu te montrer à la hauteur, capable de conserver mon estime en faisant ce qu'il faudra.

Si Max adhéra d'emblée à ces suggestions — encore mystérieuses —, ce fut moins parce qu'elles étaient avancées avec habileté que parce qu'il sentait brûler chez son oncle supposé un amour et un intérêt réels pour sa minuscule personne. Octave ouvrit alors une porte, siffla, et Max put voir gambader dans la cour son cadeau à poil ras : un jeune chien pataud, encore embarrassé de ses pattes, traînant son corps derrière un museau excessif.

— Voilà, c'est Marcel, il est à toi ! Tu en es responsable.

Max sourit, reconnut dans ce bâtard son désir de chien, si souvent détaillé dans ses rédactions. Il fila le poignasser, tandis que l'animal démantibulé d'être jeune fouettait l'air de sa queue, inaugurait sa joie d'avoir un maître.

Sur le pas de la porte, Octave ajouta :

— Il faudra que tu le soignes!

— Il est malade?

— Non, mais il a été très contrarié quand on l'a séparé de son père, ça l'a rendu un peu turbulent, sauvage, difficile à contrôler, plutôt désobéissant. Tu vois ce que je veux dire... N'hésite pas à être ferme avec lui. Les chiens, ça les rassure, ça les calme... mais ça tu le sais. Alors ne lui passe rien, surtout au début!

— Comment on s'en occupe?

— Tu veux que je te donne un truc? C'est un secret que mon père m'avait confié, et il s'y connaissait en chiens insoumis, mon père.

— Qu'est-ce que c'est?

— Je ne sais pas si je peux te le dire, parce que ça va te sembler bizarre. Et puis je ne sais pas si tu en seras capable, tu es peut-être encore trop jeune, après tout.

Pendant dix minutes, Octave le cuisina ainsi, taquina la fierté de Max, joua de son envie d'être estimé comme un grand, usa tant et tant sa patience que le fils Rivière finit par tonner:

— C'est pas juste, vous me donnez un chien sans me dire comment je dois faire! C'est pas du jeu!

— Bon... eh bien c'est simple. La meilleure chose à faire, surtout avec un chien perdu, un chien qui n'a plus de père, c'est de lui faire accomplir tout ce que ta mère te demande à toi. Tout! Exactement la même chose.

159

— Même de lui brosser les dents? fit-il, amusé.

— Même de lui brosser les dents! Je t'apporterai demain une brosse. Quand elle te dit de faire quelque chose, tu t'exécutes le plus vite possible pour que tu aies le temps ensuite de le lui faire faire. Mais attention, ne bâcle rien, tu es là pour montrer l'exemple à Marcel! Et méfie-toi, parce que les chiens, ça sent tout. Un être humain, tu peux toujours le tromper, lui mentir. Un chien, ça s'en rend compte tout de suite! Si tu ne lui montres pas l'exemple, il ne t'obéira pas. C'est ça le secret... le secret de mon père.

— Alors ce soir...

— ... quand tu vas au lit, tu le couches au pied de ton lit. Il n'est pas question qu'il se couche tard.

— Et ici, à l'école?

— Tu n'as pas compris ce que je t'ai dit?

— Quoi?

— Il doit faire tout ce que ta mère t'ordonne de faire, sans exception! Elle t'envoie à l'école? Eh bien Marcel y va aussi! Je t'y autorise. Il restera dans la cour pendant la classe. Allez file, maintenant! Et sois gentil avec lui, il n'a plus de père, il n'a plus que toi!

— Et s'il ne m'obéit pas?

— Qu'est-ce que ta mère fait pour te punir?

— Elle m'envoie dans ma chambre.

— Alors tu l'expédies dans ta chambre!

— Et s'il casse tout ?

— Quand ça t'arrive, elle fait quoi ta mère ?

— Justement, elle sait plus quoi inventer.

Il y eut alors un silence qu'Octave fit durer, avant de répliquer :

— Écoute-moi bien, Max. Si Marcel cassait tout, il faudrait que tu trouves toi-même une solution. C'est extrêmement important. Parce qu'un jeune chien à qui on ne s'oppose pas quand il le réclame, c'est un chien qui se sent tout-puissant, et ça lui fait peur sa toute-puissance, oui, ça le panique. Tu vois ce que je veux dire ? Alors il faut à tout prix que tu imagines une solution pour le maîtriser, au cas où ça arriverait. Il faut te préparer à cette éventualité, parce que sur le moment ça sera trop tard pour trouver une idée. On est bien d'accord ?

— Oui, oui...

— Alors tu as deux possibilités. Ou bien tu viens demain me dire ce que tu as concocté ce soir, ou bien tu viens me voir demain pour qu'on en parle ensemble... Tu as le choix !

Et c'est ainsi qu'Octave tenta d'aimer Jeanne, en lui imposant, en plus d'un fils peu malléable, un jeune chien à la maison. Mais un autre cas inquiétait également Rivière : Bérénice, la sœur de Max. Depuis le départ de son père, la petite de sept ans s'était installée dans un bégaiement prononcé. Excellente élève, elle ne savait qu'être première et s'effondrait dans une apathie outrée si par extraordinaire sa note n'était que bonne. En parlant avec elle dans la cour, Octave s'était aperçu qu'en face de sa trop jolie maman Bérénice se sentait toujours insuffisante, indigne d'être considérée, ridicule aussi d'être si bègue (elle triplait, voire quintuplait certains mots!). Ses résultats mirifiques trahissaient une idée de soi médiocre, toujours compensée à coups de notes. Lors des récréations, il lui avait proposé un jeu : apprendre à parler une sorte de javanais dont il avait redéfini les règles, le *de-re*. Ce langage enfantin exige de répéter trois fois chaque syllabe, en substituant la deuxième fois la première lettre de la syllabe par un *d* puis la troisième fois par un *r* — *je veux* devient alors *jedere veuxdeuxreux* —; ce qui requiert beaucoup de dextérité et donc de conscience de ce qu'on dit en parlant. Et lui, pour la faire rire, s'imposait de jacasser un *de-re* moins sophistiqué, en se contentant de doubler les syllabes.

— Les tripler, avait-il dit, c'est trop difficile pour moi! J'ai moins d'entraînement que toi! Ce n'est pas encore à ma portée.

De cette façon, il reconnaissait dans la disgrâce de Bérénice une véritable habileté qui méritait d'être distinguée; et c'est ainsi qu'il présenta les choses aux élèves. Amusés, ils tentèrent avec des succès divers de pratiquer le *de-re*. La curiosité fit rapidement cercle autour d'eux dans la cour. Saisie d'émulation, Bérénice

162

acquit très vite une maîtrise de ce javanais particulier — puisqu'elle était excellente en tout !
Alors Octave lui suggéra un exercice d'adresse
plus astreignant encore, un jeu susceptible de lui
valoir l'admiration de toute la classe : ne plus
dire en *de-re* qu'un mot sur deux ; ce qui revenait
— sans que cela fût formulé — à cesser de
bégayer un mot sur deux. Elle y parvint également, mais se fixa à ce stade. Rivière ne savait
plus comment la débloquer.

Voilà ce que son amour dissimulé pour Jeanne
lui faisait accomplir : il découvrait ses enfants
(ceux de Jeanne), s'efforçait de débroussailler
leurs menues difficultés, celles qui reflétaient
les chagrins dont leurs visages étaient chargés.
Mais, malgré sa bonne humeur affichée, Octave
existait à peine, retenu qu'il était dans ses élans
vers la femme de son frère. Immanquablement,
il en bavait jusqu'à l'infini, de cette morsure des
sens, de cette passion incluse dans les impatiences physiques qui le tarabustaient. Jeanne
était bien celle par qui Rivière se défrichait, cette
porte étroite qu'une femme peut être pour un
homme avide d'atteindre une conscience plus
aiguë.

De son côté, Jeanne maigrissait allégrement et
s'irritait d'organiser chez elle des dîners dont il
n'était pas ; elle voulait en découdre, ne plus s'arrêter au bord de son désir. À bout, elle s'agaçait
de ses propres prudences, de persister à vivre

III

Je suis responsable de ce que je ressens.

JACQUES SALOMÉ

— Ça suffit, lança Jeanne raidie de colère, je ne veux plus vous donner les assurances que vous attendez de moi, je ne veux plus vous protéger de mes désirs. Et j'exige de savoir si vous êtes Octave ou si tu es Alexandre. Ce doute est insupportable et ridicule.

— Vous avez terminé ? répliqua Rivière, avec un calme de bretteur qui mit Jeanne hors de toute réserve.

— Non ! explosa-t-elle, je veux aussi que tu te respectes, que tu respectes le désir que tu as de moi.

— Qu'est-ce qui vous permet d'affirmer une chose pareille ?

— Arrête ! Ce que tu m'as donné, ce bonheur-là, ces trouilles dont tu m'as débarrassée, cette liberté, si ce n'est pas de l'amour alors les mots ne valent rien !

— Je n'ai rien fait que vous n'ayez fait vous-même.

— Non, rectifia-t-elle, que tu ne m'aies fait faire, et tu le sais. Alors de deux choses l'une : ou tu es Alexandre, et tu es revenu pour m'aimer comme jamais tu n'as su le faire, ou tu es Octave et…

— Parce que si j'étais Alexandre vous m'aimeriez moins ?

— Je ne t'en veux plus. Arrête ce jeu.

— Et si Alexandre débarquait demain, ou dans huit jours ?

— J'ai fait mon choix.

— Vous est-il venu à l'esprit que si j'ai été Alexandre je n'ai peut-être plus envie de l'être, et que si je suis Octave je suis très loin d'être aussi aimable que vous semblez le penser ?

— Qu'est-ce que tu veux dire ?

— Quand vous m'aimez, qui aimez-vous ?

— Celui que je désire.

— Je ne vous crois pas capable d'aimer l'homme que je suis en réalité, je suis même persuadé du contraire.

— Pourquoi ?

— Je vais peut-être vous répondre dans… dix-sept ou dix-huit minutes… non, douze minutes. Laissez-moi ce temps-là, pas plus.

Et il sortit vers la plage, juste devant l'école dont les bâtiments étirés semblaient couchés sur la grève, face à la houle du Pacifique qui répétait ses assauts sur cette pointe de l'île. Restée seule, Jeanne se demanda pourquoi Octave avait parlé

168

de douze plutôt que de dix-sept ou de dix-huit minutes ; et cela fixa son attention sur la durée de cette brève retraite plutôt que sur les raisons qui la motivaient. Ainsi évita-t-il qu'elle ne le questionnât davantage ; et cela lui donna du répit, le confort d'hésiter, car Rivière ne savait pas encore s'il souhaitait se dévoiler, ni s'il savait clairement qui il était à présent.

Tout à ses interrogations, il marcha de longues minutes dans des bouffées d'humidité. Au-dessus de lui pesait un ciel sale dans lequel s'engouffraient des nuages qui aggravaient le crépuscule, un tumulte de cumulus précédant du fracas, l'annonce du désordre d'un cyclone. Comment pouvait-il révéler à Jeanne toutes les contradictions que son caractère si limpide d'apparence recelait ? Comment lui dire sa torture d'être bouffi d'instincts, d'avoir tant de mal avec la perfection des sentiments auxquels il aspirait ? Pourtant, il se sentait prêt à mettre Jeanne en plein devant ses vérités, d'une façon si dénuée de pudeur qu'elle en serait sans doute déroutée, et peut-être effrayée. Il ne voulait plus qu'elle aimât un autre que celui qu'il était effectivement, si double, si différent de ses rêves d'adolescent, plus humain sans doute, désespérément humain.

Quand il la rejoignit, Jeanne barbotait encore dans l'anxiété, assise devant l'école, sous un flamboyant éteint, en deuil de ses fleurs, saccagé par une récente tornade. Résolu à s'avouer

— mais était-ce exact ce qu'il allait dire ? ou tentait-il une manœuvre ? —, Rivière eut un sourire fragile ; il articula une première question, en la tutoyant soudain :

— Si Alexandre avait trop aimé les femmes, l'aurais-tu aimé ?

— Oui.

— S'il avait été constamment déchiré par de multiples sincérités, incapable de résister aux filles qui savent désirer, celles qui sont douées pour se délier les instincts. Oui, s'il s'était montré trop sensible à la beauté à peine croyable des appétits des femmes, l'aurais-tu toléré dans ta vie ?

Avec des mots gonflés d'une fièvre qui la troubla, Octave détailla l'amour immodéré d'Alexandre pour ces amantes qui le familiarisaient avec le sublime, le dotaient presque d'une âme en brisant son corps, celles qui le faisaient moins déchu, ces femmes qui, en le convoitant, le galonnaient à ses propres yeux, le majoraient par leurs caresses si pleines d'élans, le projetaient vers des états plus vivants. À l'entendre — mais comment Octave pouvait-il être si au fait des mœurs de son frère ? —, ces rencontres le faisaient alors pivoter vers un bonheur dilaté, le maintenaient dans la griserie d'être, cette gaieté qui n'est acquise que lorsqu'une fille vous regarde avec une envie franche, ratifiée par de scintillantes pupilles, vous catapultant ainsi dans cette féerie qui désennuie de tout, cette émotion qui, loin d'être une distraction, permet seule de sortir de l'écœurement de n'être que soi, si mutilé loin du regard des femmes.

— Alexandre n'était pas comme ça.

— Mais si, dit-il en parlant tout à coup sans intonation néo-zélandaise, ou presque, avec juste un filigrane d'accent anglophone.

— Comment le sais-tu? demanda-t-elle, étonnée par ce changement que rien n'annonçait.

— Je suis Alexandre.

— Pardon?

— Je suis ton mari.

Écrasée d'hébétude, Jeanne se tut; puis elle eut un sourire. Elle répéta alors cette nouvelle qui, dans son esprit, prenait l'importance d'un armistice ou d'une farce, elle ne savait plus:

— Tu es Alexandre... Et tu veux me faire croire ça?

— Oui, parfaitement, et je suis comme ça, dramatiquement libre. Je suis cet homme qui aime les femmes autant qu'on peut les aimer!

— Si tu étais Alexandre, tout ce que tu viens de dire serait faux.

— Pourquoi?

— Parce que ce sont des mots, les faits disent le contraire.

— Quels faits?

— Tu es là, devant moi... pour moi, entiè-rement. Que tu sois polygame, je n'en doute pas;

mais que tu vives ce penchant, je n'y crois pas!
Et...

Jeanne éclata de rire, tant ce filet d'accent rendait cette révélation peu crédible. Alexandre, lui, parlait pointu, à la parisienne, sans charrier la moindre tonalité anglo-saxonne. Et puis il y avait l'indice de ses oreilles, à peine plus écartées que celles d'Alexandre.

— Octave, arrête de jouer, reprit Jeanne.

— Je suis le père de Max et de Bérénice, celui qui annonçait son retour par une carte postale.

— Si tu es Alexandre, pourquoi es-tu revenu?

— Pour toi... c'est vrai.

— Pourquoi te serais-tu fait passer pour Octave?

— Tu l'as regardé, lui. Octave c'était moi sans le passif, moi à nouveau, moi tout neuf devant toi, moi différent, moi capable de te faire devenir toi, moi comme je n'ai jamais su l'être. Moi que tu re-rencontres...

— Alors pourquoi m'as-tu maintenue à distance?

— Si nous avions fait l'amour, ton corps m'aurait reconnu.

— Tu n'as rien d'Alexandre, rien sauf le visage.

Rivière resta éberlué. Il portait en cet instant sur sa figure immobile tout l'étonnement de n'être pas pris au sérieux. Cette physionomie était-elle feinte, une composition étudiée? Avait-il par calcul laissé traîner dans son phrasé des nuances d'accent ? Il était en tout cas difficile d'imaginer que ces intonations lui aient échappé, à lui si habile pour discerner les détails par lesquels un être se trahit ; mais, toute à sa stupeur, Jeanne n'eut pas la présence d'esprit de s'en aviser. Sans attendre, exploitant le trouble extraordinaire qu'il venait de créer, Rivière poussa plus avant la manœuvre qu'il se réservait depuis son arrivée à Port-Vila :

— Quand tu m'aimes, qui aimes-tu ?

— Toi.

— Non, tu ne supportes pas mon goût pour les femmes, ce goût qui est chez moi plus qu'une deuxième nature, presque une seconde personne plus réelle que la première, dont l'inconstance viscérale est la seule constance ! Tu m'entends ? Je ne me contente pas de raffoler des femmes, je suis ce désir-là, cette passion qui me résume, qui est mon identité véritable, tellement que c'en est accablant. Mais je n'y peux rien. Ma grande préférence c'est d'aimer, les trêves de médiocrité me font quitter mon jus, déjauger, m'escapater du quotidien clapotant, si dégoûtant à vivre. Jeanne, tu aimes l'idée que tu te fais d'Octave, un mensonge coloré, pas moi ! Et moi je cherche un amour complet dans lequel c'est moi, le vrai moi, qui serais reconnu, pas un amputé rassurant, pas un petit mari renonciateur, non, ce moi définitivement chasseur qu'aucune amante ne peut accepter vraiment et qui fait d'Alexandre un encombrant, insoutenable à garder.

— Alors... alors quoi?

— Alors quand tu m'aimes, je veux que tu m'aimes sans mégoter! Dans ma pauvre vérité! Moi qui suis consterné d'avoir été pour toi si décevant! Pendant sept ans, j'ai eu honte de n'être qu'Alexandre Rivière en face de toi, oui. J'ai été mortellement blessé de te frustrer, de demeurer incapable d'épouser tes émotions comme tu l'aurais souhaité, d'adhérer à tes colères, de participer au feu de tes sentiments. Oui, je me suis toujours perçu en deçà de tes attentes, lorsque je jugeais tes emportements, ta subjectivité qui me paraissait absurde et que tu te trouvais alors contestée dans ton être même, en oubliant toute mesure. Tu me paraissais soudain si loin du réel, si recluse dans tes susceptibilités, asservie par ton émotivité quand tu ne te sentais pas respectée, souvent pour des vétilles qui allumaient chez toi d'incroyables réactions et cette énorme exigence que je me coule dans tes fureurs, que mon inconditionnelle compréhension t'apporte la preuve ficelée de mon amour, preuve évidemment impossible à t'offrir, à moins de tourner fou moi aussi, de cesser à mon tour de me cramponner à mon petit bon sens. Et là-dedans, dans ce désarroi, il y avait moi, tout minable, déçu d'être l'auteur de tes chagrins! C'est insupportable d'être décevant...

— Quand? De quoi parles-tu? fit-elle en s'adressant à lui comme s'il était Alexandre.

— Un jour, répondit-il avec ce zeste d'accent néo-zélandais dont il ne se départait toujours pas, on avait réservé ensemble une chambre d'hôtel, fleurie et tout, en Malaisie, une que tu avais choisie sur catalogue, et lorsqu'on est arrivés l'hôtelier nous en avait refilé une autre, également pimpante, et toi, tout de suite tu y as vu de l'irrespect à ton égard. Une colère décuplée par mon calme t'a saisie, irritée que tu étais de me voir conserver ma propre émotion, mon ravissement d'être enfin là, que je résiste à ta rage. Et moi, le type qui était venu t'aimer en Malaisie, je me suis trouvé décevant dans ton regard, une fois de plus, dès les valises posées, désemparé d'être cet homme-là, si peu doué pour te rendre heureuse, toi si difficile à rejoindre.

Rivière continua ses aveux, entra dans le fond de son découragement, tellement il était las de sa perpétuelle insuffisance, déclaré par Jeanne avare du temps qu'il lui donnait, trop peu complice à son goût illimité, jamais à l'abri d'un ressentiment tout neuf. Osait-il lire trois pages d'un roman le soir dans leur lit? C'était naturellement pour esquiver une conversation, en un mot ruiner toute intimité entre eux. Rentrait-il un soir plus tôt? C'était bien la preuve qu'il aurait pu le faire plus souvent. Prenait-il une décision sans l'en avertir ? C'était pour mieux saper leur couple dont elle prétendait être seule soucieuse. Reconnaissait-il une difficulté intime ? Elle ne comprenait pas qu'il ne s'en fût pas ouvert plus tôt, ce qui prouvait son mutisme congénital.

Rivière cria également sa douleur de n'avoir jamais été aimé tel qu'il était mais pour ce qu'elle attendait qu'il devînt ; toujours elle lui avait fait sentir qu'elle ne supportait ses défaillances que dans l'espérance d'un lendemain où il serait enfin aimable, remodelé selon ses penchants précis, disposé à se régler sur ses rythmes à elle. Loin d'être inconditionnel, l'amour de Jeanne se marchandait au gré d'un mûrissement qu'elle vérifiait avec vigilance. Les liens imparfaits lui étaient au fond intolérables. Sa faim d'absolu freinait ses abandons, comme si elle avait tenu à perpétuer ses souffrances, à perfectionner ses griefs, à s'encolérer de toutes les situations où elle ne se jugeait pas considérée. Mais Alexandre disait être fatigué qu'elle lui reprochât de nier sa sacro-sainte vérité, qu'elle l'eût si souvent accusé de lui infliger un bonheur obligatoire. Il était surtout affligé de ne plus savoir comment la libérer d'elle-même.

— Octave, conclut-il, a su s'y prendre avec ce qu'il fallait d'adresse, mais il ne vivait pas avec toi. Il n'était pas exposé à ce terrible sentiment : être décevant... Et aujourd'hui je ne veux plus l'être, tu m'entends? Je ne veux plus qu'il y ait chez nous toujours une bonne raison de se retenir d'être heureux!

— Alors que fait-on? demanda Jeanne, minérale, heurtée par cette confession qui l'horripilait.

— J'accepte d'être Alexandre...

— ... sans moi, s'entendit-elle répondre. Tu avais raison, je ne suis pas certaine d'être amoureuse de qui tu es vraiment.

— Je vois que tu es en colère, là, tout de suite, et je me demande si cette colère s'adresse à Octave ou à Alexandre, et je ne sais pas si tu seras un jour capable d'aimer qui je suis. Pour que cela arrive, il faudra sans doute d'abord que tu m'en veuilles pendant un temps, plus ou moins long, la durée importe peu, je crois, quoique... Car je ne veux pas, si tu y parvenais, que ta colère passe trop vite, ce qui ne serait pas totalement sincère, tu en seras d'accord. Bien sûr, je le sais, cette hypothèse n'a aucun sens au moment où nous parlons, pas tout de suite, et tu le sais comme moi. Mais il n'est pas impossible, par la suite, que tu sois touchée par ce qui aujourd'hui t'exaspère, et j'ignore si tu en seras surprise, si tu accepteras cette émotion, ou si tu préféreras ne pas te l'avouer, ce qu'il faudra à tout prix respecter. Car je ne souhaite pas que notre histoire soit brusquée, que l'on précipite les choses. Continue à m'en vouloir... pendant quelques semaines.

— Que vas-tu dire aux enfants?

— Qui crois-tu que je suis?

— Octave.

— Alors, si ça te rassure, je continuerai d'être Octave pour eux. Prenons notre temps. Au revoir, Jeanne.

Et il sortit, après avoir couru le risque de se dévoiler carrément. Rivière savait que l'ambition d'aimer sans blesser est vaine. La réaction de Jeanne ne l'avait pas inquiété; il écoutait toujours la personne qui lui parlait, pas ce dont elle lui parlait, ses besoins essentiels, et non l'écume de ses désirs si périssables.

Jeanne, elle, resta éberluée, à regarder rien, seulement saisie d'étonnement par cet entretien terminé, encore secouée d'être instruite de la personnalité dérangeante de cet homme. Mais était-il Octave ou Alexandre? Son cœur préférait le premier, lui donnait le goût de croire qu'Alexandre s'était dissous dans le Pacifique pour faire place à cet homme qui avait une si grande part dans ses tourments. Mais, dans le même temps, elle songea que, s'il était bien le père de Max et Bérénice, alors ce Rivière venait de lui façonner les plus belles semaines de leur histoire, un morceau d'amour à peine croyable, comme n'en improvisent que les déboutonnés aux désirs illimités. Trémulante, elle percevait derrière son irritation un trouble tenace, forcément, tant le dessein d'Alexandre répondait à ses rêveries absolues. Débordant de romantisme, il s'était révélé, si éloigné des tripoteries ordinaires des hommes et des femmes, dessouillant de générosité, assez fou d'elle pour lui faire ravaler toutes les amertumes que la vie avait failli lui coller sur le visage. Jeanne était égarée, comme on l'est pour toujours.

Alors soudain elle se ravisa, et songea qu'elle avait perdu la tête d'éconduire un homme pareil, un si concerné par elle, tellement amoureux de sa vérité, capable d'interrompre ainsi l'enfilade de leurs compromis, épris au point de s'évader de sa peau, de se liquider provisoirement pour mieux l'aider, elle, à renaître. La taille de cette passion lui fit honte. Elle se précipita sur le chemin et le rappela :

— Alexandre !

D'un coup, ce prénom lui était sorti de la gorge, qu'elle avait étroite en cet instant. Rivière se retourna, tandis que Jeanne venait à lui, sans préméditation, avec la simple envie de l'enlacer, de l'ébouriffer de caresses. Surpris, il se laissa faire, et ce baiser sans méthode eut le goût d'une première fois, sous un ciel tout en clarté que ne contrariait aucun nuage. Rien à voir avec la camelote d'une étreinte ordinaire, non, il y avait là entre eux du sublime inédit, le bingo du plaisir improvisé, de l'extase à gogo que plus rien n'obstaclait. Désavoué par ses nerfs, Rivière perdit le fil de sa conduite calculée ; puis il se récupéra et redevint stratège lorsqu'elle lui murmura enfin :

— Viens... rentrons à la maison.

— Tu ne crois pas qu'il serait préférable que tu m'en veuilles encore un peu? Prenons notre temps.

— Viens...

— N'accepte pas trop vite ce que je t'ai dit... Je tiens à ce que tu respectes tes rancœurs.

La réticence de Rivière aida Jeanne à quitter tout l'agacement que sa confession avait suscité chez elle; et, quand il fut bien certain qu'elle était disposée à l'aimer, lui, Alexandre, et non un séduisant mensonge de lui, il tempéra leurs appétits en lui rappelant que Max et Bérénice allaient rappliquer d'un instant à l'autre. Il eut même assez d'habileté pour allumer les sens de Jeanne en prétendant les éteindre. Toute la distance qu'il mit brusquement entre eux était pour elle, bien entendu, une incitation à le hussarder sans délai.

— Et ce soir, ajouta-t-il, pour notre première nuit, je t'interdis de me toucher. Nous resterons côte à côte, complètement indifférents. Je ne veux pas que les choses aillent trop vite... que l'on réintègre nos habitudes anciennes. J'espère que tu ne m'en voudras pas, mais pendant la soirée je t'éviterai du regard, comme avant, sinon je ne suis pas certain d'y parvenir.

— À quoi?

— À garder mon sang-froid! Car aujourd'hui nous fêtons notre septième rencontre. Et je te prie de ne pas te vexer, mais il y a encore un souvenir que je voudrais te confier, quelque chose de gênant...

— Quoi?

— Quand nous faisions l'amour, autrefois, j'aimais faire ça dans le noir parce que... ça m'aidait.

— À quoi?

— À imaginer que j'en possédais une autre que toi, ça me stimulait sexuellement. Tu comprends pourquoi je ne souhaite pas reprendre nos vieilles habitudes? Mais ne parlons plus de cela...

Estomaquée, Jeanne encaissa cet aveu qui la blessa dans sa fierté plus qu'elle ne le laissa paraître, et qui la guérit aussitôt de cette manie qu'elle avait auparavant de ne se livrer toute que dans l'obscurité. À la vérité, c'était elle qui avait toujours insisté pour ne pas dévoiler ses formes en pleine lumière, cette nudité nacrée qu'elle jugeait imparfaite, un brouillon de corps qui lui faisait honte, immanquablement, au point de prétendre que sans pénombre elle ne parvenait pas à se détendre assez pour s'abandonner. Rivière n'ignorait pas ce que dissimulait cet argument. Il venait donc de bricoler un complet mensonge pour initier une nouvelle manœuvre. Son dessein était de contraindre Jeanne à se

181

montrer nue le soir même, tout en employant le dîner à la convaincre, par d'indirects procédés, qu'elle pouvait être fière de son anatomie charmante et jouir enfin de l'effet assuré qu'elle produisait ; ce qu'elle ne s'était jamais autorisé.

Depuis toujours, Jeanne s'était donnée à lui en se maîtrisant, avec cette retenue qu'elle croyait nécessaire pour qu'il lui laissât le temps de rencontrer la volupté. Cette trouille de voir leur étreinte trop vite achevée lui avait ôté une grande part de sa spontanéité. Inquiète de se montrer femelle, elle avait peu à peu désappris la griserie d'être gourmande. Son entrain d'amante était également diminué par une amertume ancienne. Au lit, Alexandre bandait presque toujours avant même qu'elle eût tenté la moindre initiative. Jeanne en éprouvait le sentiment vexant que ses talents érotiques n'étaient pas vraiment requis, tout juste nécessaires, comme si ses efforts ne comptaient guère. À peine risquait-elle une vague caresse, un élan timoré, qu'il entrait aussitôt dans des ardeurs trop vite maximales. Jeanne freinait donc là où une femme doit pouvoir se lâcher. Elle se réservait toujours au lieu d'offrir sa confiance en même temps que son joli corps abandonné, ce qui on en conviendra rationne le plaisir.

De toutes ces frustrations, Alexandre se sentait très coupable, et forcément écœuré, tant il était révolté que son amour jadis si prometteur ait produit chez Jeanne une telle disette de bonheur ; voilà pourquoi il venait de baliser ainsi le terrain de leurs retrouvailles sensuelles. Désormais, il se donnerait le rôle du frein, et lui procurerait l'occasion d'être une autre femme. Alexandre ne voulait plus se contenter d'aimer Jeanne ; il entendait faire en sorte qu'elle s'aimât mieux de l'aimer, en engageant dans cette folie toute l'énergie du désir qu'il avait d'elle. L'amour véritable, celui qui cesse de décevoir l'autre, ça devait être quelque chose comme ça, si différent finalement des mièvreries caressées à vingt ans, tellement plus satisfaisant à distribuer, gratuitement, pour les yeux d'une femme.

— Voilà tout, conclut Alexandre.

— On le savait ! s'exclama Max.

— Depuis le début, renchérit Bérénice.

C'est ainsi que les enfants réagirent, avec une souriante simplicité, lorsqu'ils furent informés qu'Octave, leur oncle présumé, était leur père, en mal de stratagème pour apprivoiser leur mère et réintégrer leur vie commune. Le dîner se poursuivit sur un ton badin, une partition très familiale, comme si cette affaire de faux jumeau n'avait été qu'une chétive anecdote. Max demanda bien quelques éclaircissements pratiques, pour l'amusement. Alexandre parut très convaincant dans ses explications :

— Octave existe bien, je l'ai retrouvé à Auckland, où il était prof de français. Il vivait à l'adresse que la police a dénichée. C'est presque moi, un moi que j'aurais préféré, avec un accent anglophone qu'il m'a un peu refilé. On a passé une année ensemble, puis il est allé se perdre en Inde du Sud.

Le récit se poursuivit, articulé comme s'il avait été récité, huilé à la perfection et tricoté d'un luxe de détails qui s'ajustaient, presque trop parfaitement, avec l'enquête de police. Alexandre avoua qu'ils avaient bien songé à échanger leurs vies désorientées, parallèlement détériorées, mais cette romanesque tentation n'était restée qu'une plaisanterie de soir d'ivresse.

Tout au long de cette soirée, Rivière s'appliqua sans répit à ne pas regarder Jeanne, observant à la lettre ce qu'il avait dit pour ne pas s'échauffer les sens. À nouveau, ses yeux fuyards eurent sur elle l'effet escompté, car il s'y prenait avec un naturel qui disait clairement son inquiétude de se laisser tenter par ce corps de femme, si peu rétive. Jeanne en retirait le sentiment d'être irrésistible, de façon flagrante, pléthorique de charme et précieuse aussi car il lui témoignait des égards constants, sans en avoir l'air. Cette galanterie virtuose, sans faille, donnait du prix à sa présence, ce qui l'étonnait car cette opiniâtre prévention n'avait jamais été dans les manières rugueuses d'Alexandre. Le verre de Jeanne était-il presque sec ? Discrètement, il le remplissait, en détournant son attention. Souffrait-elle d'un fluet courant d'air ? Au premier tressaillement, la fenêtre était refermée, avant même qu'elle ne se fût aperçue qu'elle frissonnait. S'approchant d'elle, il ne lui parlait qu'à l'oreille gauche. En homme qui voit tout, il la précédait, dans un perpétuel qui-vive qui se remarquait à peine, juste ce qu'il fallait pour qu'elle en retirât de l'agrément et cette succulente impression d'être devinée, entendue autant qu'écoutée. Naturellement, il avait cuisiné un repas composé pour la satisfaire, bichonné la décoration et disposé des bougies pour que son teint frais ne fût pas violenté par un éclairage trop insistant. Pas une seconde il ne la laissa se lever, charriant dans ses propos mille allusions à son éclat propres à enrayer la crainte fébrile où elle était toujours de n'être pas aimable.

Bien qu'il prétendît être Alexandre, Rivière ne pouvait se retenir d'être Octave. Il savait remercier par son talent particulier une femme de le rendre complice de la vie, de lui en faire aimer l'épaisseur insoupçonnable ; et la présence de Jeanne, créatrice d'ivresse, le sortait d'un marasme intérieur, le vaporisait de bien-être. Oui, leur histoire n'était pas une distraction mais bien une tentative pour sortir de l'accablant écœurement de n'être que soi, minable en général et quotidiennement.

— En Nouvelle-Zélande, raconta-t-il aux enfants, il y a une tribu plutôt moche pour nous, une ethnie mal lotie chez qui j'ai pourtant vu les filles les plus désirables du monde. Savez-vous pourquoi ? Parce que là-bas les hommes savent goûter les particularités des femmes, et elles s'en trouvent si rassurées qu'elles en deviennent lumineuses ! Là-bas, les femmes n'ignorent plus leur beauté singulière ! Et puis leurs critères sont différents. Là-bas, pas un homme n'aurait remarqué la couleur des yeux de votre mère ou la grâce de ses épaules...

— Ils auraient plutôt remarqué mes genoux, fit-elle en souriant, sur un ton qui signifiait qu'elle ne raffolait pas de ses jambes.

Après le repas, Max entraîna son père sur la plage pour jouer avec Marcel et évoquer son dressage. Depuis que l'animal turbulent dérangeait sa vie et sa chambre, Max avait changé. Le calcul de Rivière avait accouché d'un étonnant résultat. Certes, Max ne donnait aucun signe de repentir, ne rétractait pas sa conduite antérieure, mais il avait arrêté de se gâter. Marcel offrait à son esprit le pénible exemple de ce qu'il avait infligé jusque-là à sa mère. Toujours à surveiller le chiot, l'enfant était entré par degrés dans les sentiments de Jeanne, avait connu ses découragements devant des turpitudes répétées, la lassitude de se gaspiller en remontrances. Incapable de vaincre ce jeune chien qui saccageait tout, il avait appris l'accablement, découvert à son tour le tracas d'être responsable. Max s'était peu à peu réconcilié avec la politesse, ne disputait plus les injonctions de Jeanne. En lui s'était presque sa fille, Jeanne suggéra à mots couverts de ne plus supplicier leurs appétits et de rejoindre illico la chambre. Rivière eut alors un sourire involontaire. Ce déluge d'enthousiasme pour sa peau, cette sève provocante qui animait Jeanne — si claire malgré les habiles précautions oratoires — lui firent entrevoir des heures sublimes ; mais Alexandre voulut esquiver encore sa propre reddition, étirer la soirée autour d'un verre jamais vide. S'il avait sans doute dégoûté Jeanne d'éteindre la lumière lors de leurs ébats — en l'informant de ses tromperies mentales ainsi favorisées —, restait à lui donner l'envie de se montrer nue, à lui faire trouver elle-même cette volupté-là. Pour qu'elle réussît à se délecter de cet exercice, il fallait que Jeanne s'aimât assez, son corps bien entendu, mais aussi la personnalité qui souffrait dedans et qui ne saurait s'apprécier tant que son enveloppe de femme lui serait odieuse. L'image des formes qui la dessinaient, ce croquis reconstitué dans son esprit, voilà ce qu'il devait retoucher, en artiste, pour la soulager de demeurer l'ex-petite fille abîmée par le regard sévère d'une mère, si ardente à la critique, si effrayée de se voir surpassée par l'éclat concurrent de sa rejetonne. Alexandre ne supportait plus que Jeanne, sa Jeanne, se trouvât encore à la merci de son passé, incarcérée pour ainsi dire dans l'enfer d'un autrefois persistant qu'il haïssait. Ce n'était pas son corps nu qu'il voulait enfin voir mais bien le plaisir de sa femme à se montrer, cette claironnante victoire contre l'abominable Rose.

— Je me demande pourquoi, pendant des années, la lumière t'a empêchée de te détendre quand nous faisions l'amour, dit-il brusquement. Peut-être que les ampoules de nos lampes étaient trop fortes. J'ai lu quelque part que la luminosité excessive fait sécréter des substances qui diminuent la libido...

— C'était peut-être ça...

— Oui, c'était sûrement ça. Je ne vois pas d'autre explication valable.

Pendant quelques minutes, Alexandre poursuivit jusqu'à ce que Jeanne fût convaincue qu'il croyait que la lumière nuisait réellement à sa sérénité, diminuait ses appétits ; ainsi, cette fois, c'était lui qui donnait à Jeanne l'occasion de détailler ce mensonge, lui qui permettait à la fille de Rose d'éviter la vérité qu'elle préférait taire. Ce qu'elle aurait de toute façon fait ! Jeanne pouvait donc se conduire comme jadis, à cette nuance près qu'elle commençait malgré elle à obéir aux injonctions déguisées d'Alexandre. En acceptant sans réserve sa version, Rivière lui ôtait l'envie de la défendre et gagnait du même coup sa confiance, puisqu'elle se sentait non plus menacée, mais tranquille à l'abri de cet alibi incontesté.

— Alors, reprit-il, j'imagine que toutes ces

lampes que nous avions dans notre chambre, ça devait te stresser terriblement avant d'aller au lit, juste au moment où tu souhaitais te détendre. Surtout que ta peau claire réfléchit bien la lumière, mieux qu'une peau mate. Tu n'y avais pas pensé?

— Tu crois que ça joue?

— D'après l'étude très sérieuse que j'ai lue, oui. Cela dit, je ne me souviens plus si ton corps est clair ou doré par le soleil, ça n'est plus très net dans ma mémoire.

Jeanne se mit alors à songer — en laissant flotter son esprit — à son corps nu, à sa silhouette nacrée, sans que Rivière eût évoqué la délicate question du déshabillage. Elle gambergea quant à savoir si sa carnation était restée blanche dans ce pays où tout était gouaché de soleil. Il insista astucieusement pour qu'elle persistât dans ces interrogations, en lui demandant avec une mine intéressée si elle avait noté une variation de sa libido en fonction de l'exposition de sa peau aux rayons solaires. S'était-elle déjà, pendant les deux années de son absence, fait bronzer fesses nues? Ou sans soutien-gorge? Ou en se contentant de dénouer les bretelles? Avait-elle essayé d'équiper sa salle de bains d'un variateur destiné à régler l'intensité de l'éclairage lorsqu'elle prenait une douche? Ou de se procurer un rideau de douche sombre pour diminuer la luminosité qui ricochait sur sa chair? Jeanne se trouva ainsi occupée par des réflexions incongrues qui la maintenaient dans la conscience de sa nudité.

— Non, finit-elle par répondre, je ne vois pas de lien évident.

— C'est normal.

— Pourquoi ?

— L'étude disait aussi que la lumière peut, en agissant sur le corps, produire un effet inverse, et attiser le désir. Tout dépend des dispositions psychologiques du sujet. C'est étonnant mais c'est comme ça. La même quantité de lumière stimule ou inhibe. Les femmes stimulées, elles, savent que c'est très bien d'avoir un corps imparfait, que ça peut émouvoir de posséder des seins magnifiques et des hanches trop marquées, que c'est appétissant pour pas mal d'hommes qu'une femme ait quelques kilos en trop, très féminin de ne pas avoir le ventre exagérément plat...

Il continua ainsi à la décrire sans qu'elle le perçût, ou plutôt à peindre les défauts qui la blessaient et les qualités qu'elle se reconnaissait, de façon qu'elle sentît nettement que les particularités de son physique faisaient pour certains tout son attrait réel ; et cela la troubla car elle n'avait jamais pensé à porter ce regard-là sur son apparence. Puis il ajouta, pour la contraindre à cesser rapidement d'évaluer sa beauté en la comparant à celle des autres :

— Et il est même possible qu'une femme inhibée soit soudain stimulée par la lumière, et que ce changement se passe brusquement. Tout dépend du moment où elle prendra conscience que l'homme qui l'aime ne la regarde pas par rapport aux autres femmes... il la regarde elle. Et comme je ne veux pas que cette inversion t'arrive, en tout cas pas trop tôt, car beaucoup de choses changent déjà dans ta vie ces temps-ci, je souhaiterais que tu ne me dises pas, ou pas tout de suite, quelle partie de ton corps tu n'aimes pas.

— De toute façon je n'en ai aucune envie !

— Évidemment ! C'est tout à fait normal qu'il y ait des choses que tu souhaites garder pour toi. À mon avis, le mieux serait que tu t'abstiennes de dire à quoi tu penses et que tu ne souhaites pas m'avouer. Pendant que tu bois ce verre, là, dans ce fauteuil, tu pourrais décider de mettre de côté ce que tu as du mal à exprimer sans gêne et parler seulement de ce dont tu veux bien discuter tout de suite. On est bien d'accord ? Rien de plus ! J'insiste. Tu restes absolument libre.

Rassérénée par ce préambule, Jeanne lista peu à peu la totalité des disgrâces qui, à ses yeux, esquintaient sa beauté. Du défaut le plus négligeable elle passa par degrés au plus gênant ; cette progression permettait de passer outre des pudeurs, gommait sa réserve sans qu'elle s'en rendît compte, puisqu'elle se croyait libre de ne pas aller plus loin.

— Il y a une chose qui me frappe, lança tout à coup Rivière, je me demande de quel droit tu affirmes qu'un homme ne peut pas voir tes qualités physiques en premier, de quel droit tu prétends qu'un homme — et là je ne parle pas de moi — doit nécessairement voir tes genoux avant de s'extasier sur tes yeux. Pour qui te prends-tu de décider à la place des autres ? Chacun voit des choses différentes, avec des priorités qui lui sont propres, que tu le veuilles ou non ! Regarde, là, qu'est-ce que je te montre ?

Il leva la main droite à la hauteur de ses yeux et pointa l'index vers la nuit, derrière la vitre. Dans le ciel à peine éteint scintillaient des constellations déjà réveillées. Les yeux de Jeanne se fixèrent ensuite sur son doigt.

— Ton index, répondit-elle, pourquoi ?

— Eh bien non, je te montrais les étoiles, ces carats qui ont l'éclat de tes yeux. Mais comme je regardais mon index et que j'avais conscience de mon doigt, tu l'as également regardé, je t'ai interdit d'apercevoir ce que tu aurais pu voir. Penses-y ! Mais je t'ai interrompue, pardonne-moi. Reprenons là où nous en étions... tes défauts. Tu n'étais pas très précise à propos de tes genoux, je n'ai pas compris. Tu disais ne pas être très contente de leur face intérieure ou extérieure ?

Rivière l'empêchait ainsi de quitter la conscience qu'elle avait de son anatomie ; et l'attention passionnée qu'il portait à cet examen détaillé, le temps exagéré qu'il y consacra, sans qu'il contestât jamais le jugement négatif de Jeanne sur elle-même — ce qui n'eût servi à rien puisqu'elle y tenait! —, témoignaient de son intérêt fiévreux pour ce corps *imparfait,* tout en lui ôtant la possibilité de s'opposer à cet indirect hommage. Et s'il se gardait bien de nier ce qu'elle éprouvait, il mettait dans ses questions un feu qui contredisait nettement le presque dégoût que Jeanne avait d'elle.

Après une heure et demie d'évaluation minutieuse des défauts de Jeanne, Alexandre darda soudain son regard franc dans celui de sa femme — mais était-ce bien sa femme? — pour la première fois de la soirée. Il lui posa alors une simple question :

— Jeanne, penses-tu sincèrement que je passerais autant de temps — deux heures! — à discuter avec toi d'un corps dont la singularité serait affreuse? D'un corps que je ne souhaiterais pas voir nu?

Puis, sans lui laisser le loisir d'ajuster une réponse, il renversa une bouteille de vin qui tacha leurs vêtements. Il fallut aussitôt éponger, réparer le désordre liquide étalé. En semblant insister sur un argument concret — le temps qu'il venait de dépenser pour elle, vérifiable, quantifiable —, Alexandre venait de lui assener le plus beau compliment qu'un homme lui eût jamais envoyé. Occupée à nettoyer, Jeanne en avait l'âme remuée et l'esprit anéanti, incapable de riposter, tandis que Rivière précisait :

— Mais nous sommes bien d'accord, ce soir il ne se passera rien entre nous. Nous avons toute la vie, d'ailleurs nous devrions changer tout de suite, je veux dire nous changer, je suis trempé !

— Moi aussi !

Dans la chambre, il fallut bien se dévêtir ; ils n'allaient pas rester plus longtemps couverts de taches mouillées. Il ôta prestement ses vêtements avec l'aisance coulée d'un homme qui aime assez son corps pour ne pas être inquiet de l'offrir à une femme. À la dérobée, elle le détailla, étonnée qu'en deux ans Alexandre se fût ainsi rectifié la silhouette, sculpté une si mâle présence qu'il glissa aussitôt dans leur lit. Mais était-ce bien lui ? Tandis qu'il se déshabillait, elle avait bien vu qu'il se retenait d'être désirable ; Rivière s'était en effet appliqué à dissimuler sa sensualité manifeste dans des brusqueries, à agir vite comme pour éteindre son attrait. Jeanne, elle, eut au contraire des lenteurs malhabiles, pleines d'hésitations ; puis, sentant bien que l'homme qui la regardait était difficile à enflammer, ficelé dans sa réserve, elle osa.

Allumant la seule lampe qui était encore éteinte — pour bien signifier qu'elle ne craignait plus la clarté —, Jeanne laissa choir le bref paréo qui lui tenait lieu de jupe, sans se hâter, de manière que chaque instant comptât double. En dévoilant sa chair, c'était le sentiment de sa beauté retrouvée qu'elle exhibait, pour la première fois de sa vie. Pourtant, ses jambes n'étaient pas de celles qui fascinent les pages de magazines ; elles étaient à la vérité ordinairement jolies. Mais elle les offrit avec un tel plaisir et une telle assurance de plaire que ce geste simple fut émerveillant, sataniquement féminin, à faire vibrer l'air épais d'humidité stagnante. Loin de se délivrer les instincts, conservant une exténuante maîtrise de ses nerfs, Rivière consentit seulement à dilater ses pupilles, comme s'il avait vu un nouveau soleil. Jeanne dénuda ensuite cette parcelle de sa peau dont l'effet de souffle était garanti : son dos, un dos historique, difficile à ne pas caresser. Alexandre eut alors la faiblesse d'un toussotement. Par cette retenue, il savait qu'il encourageait Jeanne à fouiller dans ses réserves de féminité, à être pour lui celle qu'elle n'avait pas su découvrir jusqu'alors.

Confiante, elle ne fut pas longue à être totalement nue, et radieuse de l'être, avec cette fierté jusqu'au bout des seins qui était comme une gifle adressée à Rose. Elle mit ensuite un vieux disque et dansa avec la liberté de Judith, l'illusoire voisine d'en face qui avait capté les désirs d'Alexandre deux ans auparavant, lorsqu'il rêvait d'une autre qui n'était que le reflet de son épouse.

Jeanne fut dans ces secondes réellement aussi belle que la femme inaccessible dont il s'était épris en songe. Elle, si pudique jadis, dansait sans le tracas du doute sur sa beauté, devant cet homme qui voyait d'abord ses qualités physiques et pour qui ses imperfections avérées — elle y tenait toujours — étaient un agrément, une évidente source de trouble, bien qu'il s'en défendît encore. Chaque signe de fléchissement du rétif fut pour Jeanne un triomphe, affermissait son bonheur émerveillé de posséder un corps tel que le sien. Rivière avait gagné ; il avait vaincu Rose, pulvérisé la douleur de sa femme de ne pas s'aimer. Adorer sa moitié, c'était bien ça : laisser la place à de telles libérations, contribuer à ce que reculent les inquiétudes qui la fragilisaient et les culpabilités versées par l'époque dans son esprit. En incitant Jeanne à se défaire de ces entraves, Rivière se trouvait enfin fréquentable, moins dérisoire, plus embrassable, presque digne de son amour. À n'en pas douter, se dit-il, les femmes sont là à cet effet, pour nous empêcher de tituber dans la condition masculine, nous rendre moins déchus, moins sales et tristes d'être hommes.

Jeanne, elle, dansait sa joie qu'Alexandre fût devenu celui qu'elle avait parié qu'il serait un très beau jour, ce mari abouti, mûri, évadé de sa solitude, qu'il était si loin d'être lorsqu'elle l'avait connu. Désormais, Alexandre avait bien

Le lendemain, alors qu'elle ouvrait les yeux, Jeanne fut démolie par un choc. Rivière se prélassait encore dans un sommeil tiède quand elle s'aperçut que les deux fines cicatrices qu'Alexandre conservait derrière les oreilles depuis son opération avaient disparu. Elle en conclut aussitôt que l'écartement léger des deux pavillons était naturel ; il était impossible que ce corps magnifique et horizontal fût celui d'Alexandre !

Une autre découverte ratifia son sentiment : une fine cicatrice courait le long du cordon noueux de sa colonne vertébrale, encore rose à voir et bourreleuse au toucher.

Alors, brutalement, il apparut à Jeanne que son époux avait toujours été incapable de la culbuter comme Rivière l'avait fait la veille, avec cette volupté débridée, presque abusive, ennemie de toute syntaxe copulatoire, si efficace pour pulvériser ses réticences et convoquer son plaisir. Tout dans les gestes improvisés de la nuit trahissait la présence d'Octave : sa belle flamme dominée, l'éclat joueur de ses regards qui donnait envie de déchirer toute pudeur, une témérité complète jamais déplacée, et cette sauvagerie d'esthète sans laquelle une étreinte reste un combat à fleuret moucheté, un ballet sans musique. Alexandre n'avait pas dans la peau ce talent-là, répandu sur toute la personne d'Octave, ces ressources d'érotisme qui offrent à l'amour, à ses odeurs et à ses râles une chance d'être célestes.

Jeanne le réveilla et lui dit alors :

— Pourquoi?

— Pourquoi quoi?

— Pourquoi?

Il restait ahuri, écarquillant des yeux denses qui, en cet instant, semblaient la clef de sa physionomie, des yeux fixes qui faisaient oublier son nez et s'estomper ses traits. Puis Rivière nota qu'elle regardait ses oreilles, à la dérobée. Il eut alors cette phrase qui dérouta Jeanne par son à-propos :

— Oui, mes oreilles sont exactement comme elles étaient autrefois. J'ai eu besoin de me retrouver. Mon vrai visage.

— Mais tu n'as plus de cicatrices derrière les oreilles, lâcha-t-elle.

— Ce qui prouve que la chirurgie esthétique a fait des progrès. Je les ai fait effacer.

— Et celle de ton dos?

— Un accident de voiture, à Auckland. Un an à l'hôpital, dans un corset. Je sors de ma rééducation.

À compter de cette conversation, Jeanne se mit cependant à soupçonner Octave d'avoir bel et bien emprunté l'identité confortable de son mari. Au cours des semaines où cet homme s'était présenté comme le frère d'Alexandre, elle avait eu de la difficulté à se convaincre qu'Octave existait bien, mais à présent la situation était inversée. En s'attachant à persuader Jeanne qu'il était effectivement le père de ses enfants — alors même qu'il conservait des vestiges d'accent néo-zélandais! —, il ne faisait qu'aggraver son doute. Pas une seconde elle n'imagina qu'elle était peut-être l'objet d'une nouvelle ruse de Rivière; car le premier effet de cette incertitude distillée fut bien sûr de donner envie à Jeanne d'en savoir plus sur lui. Il n'aurait pu s'y prendre avec plus d'habileté s'il avait eu le désir de la rendre curieuse de sa vérité.

Cet après-midi-là, en rentrant, elle trouva Rivière qui languissait dans un hamac, occupé à ruisseler sous la véranda, vaincu par les heures ensoleillées, torréfié par le climat. Méditatif, le ventre lourd de viscères — car sous ces latitudes rien ne se digère, tout rancit —, il prenait des notes dans un cahier rouge, identique à celui qui, autrefois, servait à Jeanne de déversoir pour ses chagrins. La similitude la frappa.

S'approchant d'Alexandre pour l'embrasser, elle lut alors le titre tracé sur la couverture, en grosses lettres, comme pour agacer son intérêt : *Autobiographie d'un amour.*

— Ah, toi aussi..., fit-elle.

— Oui, et j'aimerais que tu te décides à ne jamais lire ce cahier, en tout cas pas sans mon autorisation, et seulement les passages que j'aurai choisis moi-même.

— Tu as des choses à cacher?

— Non, à dire en temps utile.

— Pourquoi?

— Pour entendre certaines choses, tu n'es pas encore prête, pas tout de suite. Je ne veux donc pas que tu le cherches en mon absence. Il est encore trop tôt pour que tu le lises entièrement. Je ne sais pas comment tu sauras que le moment sera venu de courir le risque de cette lecture, mais je sais que tu le sentiras avant moi. Si cela arrivait, ce que je ne souhaite pas, et que tu le lises en entier, je te demande de ne pas me l'avouer tant que tu estimeras à ton tour que je ne suis pas en mesure de savoir que tu l'as lu. Il y a des choses que l'on veut que l'autre sache, mais que l'on ne veut pas savoir qu'il sait. On est bien d'accord?

Rivière déploya son insinuante rhétorique quelques minutes encore, jusqu'à ce qu'il eût acquis la certitude que Jeanne ne pourrait se soustraire à son envie de lire le cahier rouge. Il s'appliqua également à la persuader que cette lecture susciterait en elle des métamorphoses inattendues, si elle se montrait patiente.

— Je pense que tu peux réfléchir à ça pendant un moment. Et nous verrons bien ensuite si tu es capable d'encaisser ce que j'ai écrit, pour en tirer le meilleur. Car ce que tu liras créera une situation invivable entre nous si rien de nouveau ne se passe.

Naturellement, Rivière dramatisait son effet pour que ce qu'elle découvrirait par la suite dans ces pages lui parût simple à réaliser. Mais Jeanne ne comprenait pas pourquoi il était si décisif qu'elle prît son temps. En la piégeant dans ces interrogations lancinantes — qui n'appelaient comme toujours aucune réponse! —, Alexandre était parvenu à faire naître en elle la conviction que ce simple cahier rouge la transformerait et désorbiterait leur histoire.

Pensive, Jeanne commença à s'éloigner; puis elle s'arrêta. Il repéra alors une contraction involontaire de ses lèvres fébriles, des traces d'irritation. Elle venait de remarquer, en pénétrant dans le salon, qu'il avait laissé du désordre, comme avant. Jeanne déglutit et, la nuque un tantinet raidie, rangea les affaires éparpillées, avec cet air de tracas qui froissait son front chaque fois qu'elle était agacée. En elle commençaient à s'additionner les contrariétés sourdes qu'elle taisait toujours trop longtemps. Jeanne n'avait jamais su se mettre en colère avec aisance, lâcher un peu de vapeur. Dans deux jours repartiraient les sous-entendus ajustés, la spécialité de Jeanne pour atténuer ses ressentiments. Alexandre en concevrait forcément une légitime exaspération qui s'ajouterait à d'autres blessures, vénielles à l'unité, graves en surnombre. À peine était-il revenu dans le nid que se remettaient en route les processus malins qui ruinent efficacement l'amour, anodins dans leurs prémices, fatals au fil des saisons.

Conscient du processus — presque trop pour que son à-propos ne sentît pas le calcul —, Alexandre lui lança :

— Jeanne! Pardonne-moi, mais j'ai laissé un peu de foutoir dans la cuisine. Trois fois rien...

L'évier était décourageant de casseroles sales, la poubelle malodorante rendait ses excès dégoulinants, le sol était parsemé de vestiges alimentaires. Prenant sur elle, comme jadis, Jeanne entreprit de maîtriser ce capharnaüm répandu; quand tout fut presque en ordre, Rivière fit irruption. Il coupa du pain en laissant volontairement une grande quantité de miettes sur la table qu'elle venait de nettoyer, un miroir de propreté.

— S'il te plaît, tu pourrais faire attention..., lâcha-t-elle en redonnant un coup d'éponge.

— Non, se contenta-t-il de répondre.

Les maxillaires de Jeanne se trouvaient donc

contractés lorsque Rivière eut un geste extraordinaire, totalement incompréhensible : il prit un
œuf, le lui montra et le jeta en l'air.

Les yeux ahuris de Jeanne suivirent la trajec-
toire ; l'impact glaireux eut lieu juste derrière
elle, presque entre ses jambes, exactement là où
elle venait de balayer. Le contexte ne lui donnant
aucune clef pour saisir le sens de cette provoca-
tion, Jeanne éprouva alors un sentiment très
désagréable, un stress abondant. Giflée par sa
vive émotion, elle n'eut pas le sang-froid de
ciseler une réplique ironique, comme à son habitude ; elle se vida brusquement de sa colère
comprimée, déversa une rage instinctive toute
neuve pour elle.

Quand elle eut terminé sa première et consis-
tante salve, Alexandre lui sourit et dit avec une
douceur inattendue :

— Ça fait du bien, hein ? Un bon coup de
gueule ! La prochaine fois, n'attendons pas d'en
arriver là. Réfléchis à ça, je t'en supplie, pour
nous. Lâche-toi !

Jeanne le contempla avec un trouble profond.
Alexandre l'impulsif, lui, n'aurait jamais su se
dompter ainsi, régler sa conduite avec une telle
préméditation fignolée. Si ce n'était lui, c'était
donc son jumeau. Rivière ne pouvait s'interdire
d'être Octave, ne parvenait pas à récuser son
naturel de tacticien amoureux.

Le soir même, le prétendu Alexandre revint dans leur tanière, à l'heure où la nuit tropicale se hâte de chuter sur les paysages pour soulager les êtres et les choses rabougris par le soleil, exagéré sous ces latitudes. Dehors, les enfants jouaient avec le chien Marcel, sous la rigide direction de Max; Bérénice, elle, avait repris de plus belle son bégaiement.

Rivière était muni de deux pots qui contenaient chacun une pelote végétale.

— Qu'est-ce que c'est? demanda Jeanne.

— Deux pieds de kiwis hébridais, succulents. On les mettra sous la véranda, dans leur pot.

— Pourquoi deux?

— Il y a un pied mâle et un pied femelle, un pour toi et un pour moi. Il en faut deux pour obtenir des fruits.

— Ah...

— Tu penses toujours qu'il vaut mieux laisser les plantes mener leur vie, sans s'en préoccuper?

— Oui, pourquoi ?

— Parce que j'ai l'intention de soigner mon kiwi pour qu'il se développe bien ; mais ça ne me dit rien d'arroser et de tailler le tien. Et ce qu'il ne faudrait pas c'est qu'ils ne donnent rien, qu'on loupe une récolte parce que l'un des deux faiblirait. Mais je ne veux pas t'imposer cette responsabilité, alors que tu t'en fiches, que tu ne vois pas encore très bien la nécessité de faire fructifier ces deux arbres différents, un mâle et une femelle.

— Pourquoi dis-tu cela ?

— Je parie que tu es persuadée qu'il n'y a rien à faire pour que ces kiwis donnent quelque chose, que la nature se débrouillera très bien toute seule.

— Oui, pourquoi ?

— Connais-tu quelque chose de vivant et de beau ou utile qui n'ait pas besoin d'entretien ? Si tu parviens à me donner un seul exemple, un seul, je m'engage formellement, ici et maintenant, à m'occuper du pied femelle à ta place ! À ta place !

— Une forêt.

— Tu rigoles ? Les arbres s'asphyxient si on ne les dégage pas. Une rivière, un étang, un pommier, un rosier, une relation, une pelouse, un fraisier... c'est pareil !

C'est à peine si Jeanne entendit le mot *relation* noyé dans l'énumération au débit hâté, terme qu'Alexandre avait pourtant articulé avec une notable insistance. Elle parut convenir avec simplicité qu'il était nécessaire de veiller sur tout ce qui était vivant; ce qui impliquait logiquement que Jeanne soignerait *son* pied de kiwi, puisqu'elle n'était pas parvenue à infirmer la proposition d'Alexandre. Elle n'y pensait déjà plus mais, à son insu et par ce biais, son esprit venait de se familiariser avec cette idée.

Rivière poursuivit :

— Cela étant, comme tu me l'as dit tout à l'heure, je te crois capable de faire pousser un kiwi.

Plongée dans une certaine confusion — Jeanne ne se souvenait pas d'avoir avancé une telle chose —, elle demanda machinalement :

— Que faut-il faire?

— C'est une plante très particulière, sensible, facile à contrarier. Si on ne respecte pas ses besoins, elle souffre et peut se laisser mourir, sans qu'elle ait l'air d'aller si mal que ça. Mais elle a de surprenantes facultés, surtout cette variété hébridaise. Ce kiwi femelle est capable de s'occuper elle-même de ses besoins si elle se sent aidée, si on lui donne de l'eau. Elle peut croître rapidement pour aller chercher toute la lumière qu'il lui faut. Elle est même capable de s'entourer autour d'un kiwi de l'autre sexe pour lui prendre ses éléments minéraux vitaux, par simple contact. À ce moment-là, le pied mâle coopère en quelque sorte, sans que ça lui fasse de mal. Faire quelque chose en vue de satisfaire ses propres besoins, c'est une étrange aptitude de cette plante... Mais bien sûr, puisque tu sembles ne pas vouloir t'en occuper, ne le fais pas, en tout cas pas tout de suite. Pas encore.

— Pourquoi dis-tu cela ? Je n'ai jamais affirmé ça...

— Tu as sans doute raison, c'est plus simple de laisser faire la nature pendant un moment. Donc, puisque nous sommes d'accord, je t'interdis de toucher à ton pied de kiwi. Je te prie même de m'obéir spontanément ! Spontanément ! Aïe !

Alexandre poussa un cri et prétendit qu'il venait de vriller sa jambe dans un faux pas, de se fouler, qui sait, la cheville. La maisonnée accourut. Dès lors, chacun fut concerné par l'urgence, et il ne fut pas plus question des facultés du kiwi hébridais que de remettre en cause ce que Rivière venait d'interdire à Jeanne de façon singulière. Perplexe — comment pouvait-elle lui *obéir spontanément* ? —, elle massa longuement cette douleur opportune, évidemment feinte, en s'interrogeant sur le trouble que cette dernière injonction avait éveillé en elle. Jeanne ne pouvait ni s'y soumettre ni la refuser car Alexandre la sommait de faire simultanément deux choses inconciliables. En réalité, il avait atteint son but, sans en avoir l'air : désorienter sa femme et diriger sa pensée sur des sujets qui préparaient une prise de conscience ultérieure.

Le lendemain matin, Jeanne trouva *son* pied de kiwi déjà flétri de n'avoir pas été arrosé, mal parti dans son pot sous la véranda. L'épreuve de la nuit tiède lui avait été quasi fatale. Un café à la main, déjà liquide de sueur dans l'étuve de la journée qui débutait, Jeanne éprouva l'émotion qui l'eût étreinte si elle avait été en aussi mauvais état que ce kiwi. Face à cette plante femelle, si sœur dans ses fragilités, elle s'en voulut aussitôt d'avoir obéi à Alexandre. Navrée, Jeanne contemplait la conséquence de son inaction, et la preuve flagrante qu'il était déraisonnable qu'elle continuât de s'en remettre à son mari pour faire fructifier leur histoire.

Croyant passer outre les consignes de Rivière, Jeanne arrosa *sa* plante ; et, sans qu'elle devinât par quel chemin cette pensée lui était venue, elle songea qu'il était urgent qu'elle prît des initiatives pour que refleurisse leur amour si négligé. Brusquement, elle comprit toute l'imprudence qu'il y avait à rester dans une position attentiste, quémandeuse, toujours à mijoter dans de stériles ressentiments. Pour cesser d'en vouloir à Alexandre, il lui apparut nettement qu'elle n'avait d'autre issue que de s'occuper elle-même de satisfaire ses propres besoins ; et cette réflexion, apparemment spontanée, se logea dans son esprit tandis qu'elle soignait une plante dotée de cette compétence si nécessaire aux hommes et aux femmes. Jeanne ne vit pas combien elle avait été manœuvrée, la part qu'avait dans sa résolution l'insinuante volonté de Rivière.

La tension de soulager Jeanne possédait plus que jamais ce stratège amoureux. Toute son intensité transpirait dans ces généreux complots, conçus pour que l'inévitable manipulation qui accompagne les échanges humains fût uniquement bénéfique à cette femme qu'il adorait à présent sans fatigue. Rivière était persuadé qu'il n'est pas de relation sans effet induit ; à tout prendre, il ne croyait pas nécessaire de crucifier l'autre malgré soi en aimant à l'aveuglette, en se coulant dans de sincères élans si souvent atroces pour qui en est l'objet.

Devant ce couple de kiwis, dont l'un était à sauver, Jeanne se décida à respecter dorénavant ses besoins essentiels, à quitter ses lâchetés d'épouse et à assumer sans tortiller son indéniable responsabilité dans leur mariage. Certes, c'était Alexandre qui, par sa conduite, lui avait longtemps renvoyé d'elle-même une image détériorée, de femme en définitive très décevante, mais c'était bien elle qui avait accepté de se perpétuer dans ce rôle douloureux pour l'estime. Jeanne entendait donc assainir leur histoire en reprenant la maîtrise de la sienne propre, pour mieux soulager leur amour de ses lancinants griefs.

Tout au long de leur mariage, Jeanne en avait voulu à Alexandre qu'il refusât de fonder avec elle une plantation de cocotiers et de coton sur l'île d'Espiritu Santo, au nord de l'archipel des Nouvelles-Hébrides. Resserrée dans un sort d'épouse qui, au fil des ans, avait cessé de lui convenir, elle en avait conçu d'aigres ressentiments. Or ce n'était pas lui qui l'avait empêchée physiquement de réaliser ce projet mais elle qui avait consenti à se soumettre, elle qui avait remis ce droit de veto entre les mains d'Alexandre. Pour la première fois, cette vérité lui apparut, en même temps que la relative inconsistance de ses désirs, trop vite négociables en échange de ceux de son mari.

Alors, radieuse, Jeanne résolut d'abandonner bientôt ses fonctions de maîtresse d'école et de prendre soin de ses envies aventureuses. Elle excursionnerait d'abord à cheval aux alentours de Big Bay, dans le nord rarement foulé de l'île d'Espiritu Santo, sur le territoire de la tribu des affables et peu nombreux Big Bay, histoire de dénicher un lopin négligé, un petit coin égaré dans le Pacifique, où triompheraient un jour ses rêves d'adolescente. Jeanne se sentait soudain prendre en charge, en même temps que son pied de kiwi, le sentiment de complétude qu'elle entendait retirer de son existence élargie. Cette disposition lui prêtait en cet instant un supplément de beauté, celle qui nimbe les êtres affranchis de la tentation du reproche, capables d'oser manifester leur nature qui ne leur pèse plus. Comme le courage d'être libre va bien aux femmes !

Rivière reçut la nouvelle en soulevant une fine paupière ; et il ajouta :

— Enfin !

— Ça te fait plaisir ? répliqua-t-elle, déroutée.

— La plantation ? Non ! Que tu te sois décidée, oui !

— Tu me suis ?

— Dans ton envie de vivre tes désirs, oui. Là-bas, non !

— On fait comment ?

— Nous allons peut-être devenir un vrai couple...

Ce jour-là, Rivière eut pour la première fois confiance dans l'aptitude de Jeanne à se composer un bonheur nettoyé de tout ressentiment, ajusté à des besoins si longtemps maltraités. Il sentit alors qu'il pouvait cesser de l'influencer par en dessous, mettre un terme à cette entreprise obstinée et pleine de calculs qui visait à faire de Jeanne une perpétuelle question, jamais éteinte par de trop simples réponses, une femme capable de s'extirper des pièges de son passé, d'inventer sa liberté. Peut-être connaîtrait-il bientôt le plaisir déséquilibrant de se laisser gouverner par Jeanne ? Ce stratège de l'intime ne rêvait que d'une chose : que sa femme devînt à son tour l'auteur de leur sort commun, capable de le faire entrer dans une masculinité apaisée qu'il ne découvrirait jamais sans elle. L'hémiplégie des maris qui n'écoutent pas leur moitié le guettait encore ; et Rivière en était conscient.

On ne dira jamais assez le chagrin d'être homme, cadenassé dans cette condition d'anesthésié, si privé des talents qui permettent de partager avec soi et les autres sa propre vérité. Les femmes n'imaginent pas la tristesse de notre irréparable solitude, celle d'aveugles qui s'imaginent voir, de sourds qui pensent entendre, de muets qui croient parler. Il avait fallu tant d'années à Rivière pour comprendre la chance innée de la Belle au Bois Dormant : elle sait depuis toujours, dans la mémoire de sa mémoire, que l'attend l'événement d'un baiser. Lui attendait désespérément d'être enfin réveillé, que sa femme le délivrât de son somnambulisme. Il commençait à peine à découvrir la nécessité pour un homme d'être rencontré.

À Port-Vila, le cas Rivière souleva un deuxième raz de marée de commérages, un tumulte de commentaires désorientés : ainsi donc, le viril Octave était cet Alexandre très couillon, pas magnifique du tout, à peine éloquent, qui s'était évaporé deux ans auparavant. L'explication qu'il détailla aux autorités jeta le major Webb dans une nerveuse et persistante perplexité. Son esprit raidi d'éducation britannique acceptait qu'un homme se fît passer pour son frère jumeau par intérêt ou pour se venger d'une humiliation ineffaçable, mais pas qu'il eût réglé une pareille supercherie pour re-rencontrer sa propre femme. Ce mièvre mobile lui paraissait de nature à émouvoir une belle-mère mais pas à satisfaire sa tatillonne curiosité, si renseignée sur l'exacte noirceur du genre humain. Le sublime il est vrai présente l'inconvénient d'être peu crédible. Et puis le major Webb, avare de sentiments illimités, ne discernait pas que l'amour pût être un chemin de rédemption, une porte étroite pour se sauver de la médiocrité, un tracas vital qui justifiait tous les efforts d'imagination ; car, sans invention, l'amour ne tient aucune de ses promesses. Comme tous les vrais crétins, Webb négligeait de se servir de son cœur pour penser.

De son côté, toute à ses préparatifs, Jeanne demeurait accaparée par un doute tenace : qui était Rivière ? Et cette interrogation n'aurait de cesse si elle n'obtenait pas une réponse définitive. Elle n'avait donc d'autre tracas immédiat que de dénicher le cahier rouge, qu'elle chercha en vain dans leur maison jusqu'au jour où, revenant chez elle, elle le trouva posé sur le réfrigérateur, offert à sa curiosité aiguisée.

Rivière l'avait-il oublié là ? Ou l'avait-il placé sur le frigo à dessein ? D'entrée, elle suspecta un piège, l'amorce d'une manœuvre ; mais, dominée par la pressante envie de savoir, Jeanne n'avait d'autre choix que de s'y laisser prendre. Elle l'ouvrit, disposée à entrer à vif dans d'inconfortables révélations. Seules quelques pages étaient rédigées, d'une écriture effilochée, furtive, qui était bien celle d'Alexandre. Cette confirmation la soulagea instantanément, trop vite d'ailleurs ; car un trouble insidieux la gagna, alors qu'elle réexaminait avec minutie ces pattes de mouche jetées en vrac. Si le tracé hésitant des lettres était semblable à celui de l'ancienne écriture d'Alexandre, la musique des lignes n'était pas tout à fait la même et la pression exercée sur le stylo se trouvait moins appuyée qu'auparavant. Mais n'était-ce pas naturel ? Alexandre avait tant changé.

Jeanne pénétra ensuite dans le texte, se croyant caparaçonnée par son appréhension ; elle en fut pour ses frais, aussitôt punie de son audace. Alexandre écrivait d'une encre franche ce qu'il n'aurait pu lui confier sans rougir, cette vérité honteuse : il n'avait plus confiance en sa femme depuis qu'il la savait capable de se suicider, de sécréter du malheur au point de s'escamoter et de le laisser seul avec la tristesse pas tolérable de leurs enfants, encore si jeunes. Cette mort éventuelle toujours entre eux, en option dans leur histoire, cette échappée qu'elle s'était autorisée interdisait désormais que tout redevînt plaisir, qu'il fût à nouveau heureux en compagnie de Jeanne comme on ne peut l'être qu'avec une femme. Sa moitié demeurait un péril à retardement, susceptible de le précipiter dans l'absolu désespoir, capable de le faire un jour brutalement souffrir de ses souffrances. Ça, il ne le supportait plus, Alexandre, qu'un autre être humain pût lui infliger en plein dans la figure l'horreur de ses affres personnelles, son incapacité à faire face. Comme si sa peine à lui d'exister ne suffisait pas ! Comme s'il n'était pas déjà chargé à bloc de larmes retenues, ballonné de tourments !

221

Alors, fatalement, expliquait-il, il s'était mis à traquer les femelles fiables pendant ses deux années d'absence, à essayer des filles moins risquées, des moins affligées de persister à vivre, tellement il avait eu la trouille de l'énorme difficulté d'être de Jeanne. Avec entrain, il s'était efforcé d'aimer ailleurs, de se persuader qu'une autre pouvait le libérer de cet amour dangereux qu'il ne parvenait pas à éteindre. Il avait tâché de se fabriquer du bonheur apaisant dans de nouveaux draps, de brouter de la romance, s'était appliqué à palper sans relâche des corps frais disposés à jouir, de tout. Mais toutes ces passions inventées, pullulantes dans son cœur, colmatées de mensonges qu'il confectionnait pour s'illusionner lui-même, n'étaient pas parvenues à le délier de Jeanne qui, seule, le rendait complice de la vie. Elle avait bien ce pouvoir-là, sa chère femme, de l'introduire dans la poésie de l'existence, de le rendre moins pénitent d'être né. Près d'elle, l'amère condition masculine devenait presque acceptable, un inconvénient moins chagrinant.

Avec désolation, Alexandre convenait par écrit qu'il l'aimait, elle, cette épouse dont il se méfiait énormément. Oui, il était épris, sans reculade possible, même s'il savait que sa viscérale inquiétude l'inciterait toujours à rechercher une autre moitié ; et en l'admettant il se faisait l'effet de n'être qu'un minable, un infréquentable, traître à ses rêves, si étriqué dans ses craintives réactions.

Jeanne reçut cet aveu qui la disqualifiait avec une douleur mal contenue. Il était révoltant pour elle que cette crise de confiance fût sans retour, comme si en flirtant une fois avec la mort elle l'avait effrayé pour toujours. Jeanne prit alors conscience d'avoir, par cet acte ancien, appuyé sur le point qui faisait toute la fragilité d'Alexandre, si paniqué à l'idée que la mort pût à nouveau disloquer son univers rebâti.

Dans le cahier, il avait ajouté :

Je ne vois pas bien comment ma confiance pourrait renaître. Mais pour que cette peur ne me quitte pas, pour mettre encore plus en danger notre relation, il suffirait que Jeanne observe quatre règles élémentaires de comportement.

Cette phrase intrigua Jeanne et, sans même y réfléchir, elle eut automatiquement envie de ne pas suivre les quatre règles qui, selon Rivière, garantissaient presque à coup sûr la déroute prochaine de leur couple. Éclaboussée d'inquiétude par ce qu'il venait de confesser, Jeanne se montra très curieuse de ces suggestions, sans qu'elle vît tout de suite qu'Alexandre ne les avait rédigées que pour lui offrir l'occasion d'en prendre le contre-pied. Rivière avait parfois assez d'esprit tactique pour donner à ses interlocuteurs le goût de s'opposer à ses propos.

D'abord, écrivait-il, *si l'on veut être bien certain*

d'aggraver efficacement nos griefs réciproques, nous devons à tout prix continuer à tenir l'autre pour responsable de nos propres renoncements. Même s'il est évident qu'il ou elle ne nous a pas directement empêché de satisfaire une envie, il suffit de se persuader que c'est sa faute et qu'il n'y a rien, absolument rien, que nous puissions faire nous-même pour répondre à nos besoins. Afin d'y parvenir à tous les coups, il serait judicieux d'entretenir la confusion entre nos besoins et ce qui pourrait les combler. Si Jeanne veut un troisième enfant et moi pas, il est capital que je réussisse à la persuader que son désir et l'enfant qu'elle souhaite sont une seule et même chose. Il ne faudrait surtout pas qu'elle s'aperçoive que son désir est en elle et le bébé à côté d'elle, bien distinct, en tout cas après son éventuelle naissance. Sinon elle pourrait avoir l'idée dangereuse de s'occuper de son besoin d'enfant autrement qu'en tombant enceinte. Sa frustration se dissiperait, et alors ce serait l'échec quasi assuré : elle cesserait probablement de m'en vouloir ! Ce premier point est fondamental.

Jeanne sourit ; elle reconnaissait dans ces notes l'écho des pensées qu'elle avait méditées lorsque son pied de kiwi avait failli succomber. Et elle eut de la peine à conserver son sérieux en lisant la suite :

Pour accroître les chances d'échec de notre mariage, nous devons également refuser d'agir directement sur nos difficultés de couple. Il suffit pour cela d'en parler — ce qui donne à peu de frais l'air d'être concerné par la résolution de nos problèmes — en se demandant constamment pourquoi ça va mal plutôt que comment ça pourrait aller mieux. La recherche de la cause est un passe-temps intellectuellement excitant qui procure tous les plaisirs de la complaisance; il présente en outre l'avantage de fixer notre attention sur des interrogations savoureuses qui, à coup sûr, ne déboucheront pas sur des décisions concrètes. En nous gargarisant de l'idée en vogue selon laquelle on débloque une crise en en trouvant la cause, nous devrions donc réussir à nous enliser durablement. Conclusion : interdiction de s'attaquer véritablement à ce qui fait souffrir, laisser sa main sur le feu en se demandant avec sagacité pourquoi le feu brûle.

Le troisième point était plus succinct :

Nous devrions aussi nous convaincre qu'il est nécessaire de faire changer l'autre pour qu'un changement intervienne dans notre couple, et que ce préalable est impératif. Cette règle est fondamentale pour saper notre amour avec quelques chances de succès. Si nous avions la faiblesse de croire que seul notre propre changement peut induire celui de l'autre, nous risquerions d'éviter le naufrage et, peut-être, de devenir des gens heureux.

Quatrièmement, il serait pragmatique de ne jamais se fixer de buts précis pour améliorer notre vie commune. Si nous étions assez habiles pour émettre constamment des souhaits vagues et confus, nous augmenterions considérablement la probabilité de conserver nos frustrations. Si Jeanne commettait l'imprudence de dégager deux heures tous les jeudis afin que nous soyons enfin disponibles l'un pour l'autre, mon devoir serait de ricaner de cette sugges- tion, de stigmatiser son caractère prévisible, peu romantique, et de proposer à la place de nous en remettre à l'impulsion du moment. Nous aurions ainsi plus de chances de nous rater pendant de longues semaines.

Ces principes sont, me semble-t-il, à la portée d'un couple ordinaire comme le nôtre ; ils ne requièrent que des efforts modérés. Leur respect scrupuleux assure- rait la reprise de nos mauvaises relations d'antan et, avec un peu de chance, la pérennité de notre malheur. Nous ne sommes pas obligés d'y penser mais nous pourrions y réfléchir. Une part de nous est certaine- ment en mesure de tirer parti de ces quelques notes. Pas tout de suite, mais dans les jours à venir, et d'une façon inattendue...

Troublée, occupée à rire, Jeanne oublia de critiquer cette singulière déclaration très contra- dictoire quant à l'objectif poursuivi ; elle en admit plus facilement les évidentes conclusions, tout en saisissant bien ce qu'Alexandre lui demandait à mots couverts, sans qu'il l'eût fait expressément. Rivière n'avait jamais la naïveté d'ordonner ; ses mots généreux se contentaient d'ouvrir des chemins, d'inventer des opportu- nités. Conscient qu'encourager une conduite habituelle peut être une façon habile de provoquer un changement — puisque Jeanne, dans un premier temps, aurait du mal à refuser d'accomplir ce qu'elle faisait déjà —, il ajouta :

Ce qui serait formidable, avant de discuter de tout cela, ce serait de nous engueuler chaque soir, comme nous parvenons à le faire depuis un moment, mais en nous appliquant, en y mettant vraiment du nôtre, au lieu de faire ça sans méthode. Nous ne sommes pas obligés de nous plier à cette ascèse, mais il est possible que nous ayons envie de ne plus résister à cette idée, finalement plus amusante pour Jeanne que pour moi.

À la fin, deux phrases énigmatiques achevèrent d'accaparer les réflexions de Jeanne :

Bientôt je finirai d'hésiter entre Octave et Alexandre. Ce jour-là je dirai tout.

Le lendemain, Jeanne eut effectivement envie de s'engueuler avec Rivière, histoire de lui signifier sans fanfare qu'elle avait lu son cahier. Alexandre avait usé de tout son talent pour que cette idée lui vînt, sans qu'elle décelât son influence ; mais il n'était pas certain d'y être parvenu. Il fut donc content lorsqu'elle fit mine d'improviser une colère contre le léger désordre qu'il avait eu soin de ménager dans leur salle de bains. Aussitôt, il rétorqua :

— Pourquoi bâcles-tu le reproche que tu viens de m'adresser ? Comment veux-tu qu'on arrive à s'engueuler convenablement si tu ne fais pas l'effort d'exprimer clairement ce que tu penses ?

— J'étais très claire !

— Quand on se querelle, tu cherches quoi exactement ? À obtenir de moi quel type de réaction ? Je parie que tu crois que nous ne méritons pas d'être heureux et que c'est pour ça que tu rates même nos scènes de ménage.

— Pas du tout!

— Peut-être que le bonheur te fait peur, et que tu essayes de l'esquiver de cette façon maladroite...

— Mais non...

— Alors reformule ton coup de gueule de manière qu'il me fasse bien sentir ton irritation, choisis tes mots pour qu'ils m'atteignent efficacement. On est bien d'accord?

— Quand tu négliges de laver la baignoire après ton bain, j'ai le sentiment aigu de vivre avec un porc!

— Quel genre de porc? répliqua-t-il froidement. Exprime-toi avec plus de précision! Ou on s'engueule comme il faut ou alors nous perdons notre temps. Redis-moi ça mieux, s'il te plaît. Allez, engueule-moi!

Rivière savait qu'en exigeant une conduite, il faisait naître chez Jeanne le désir de l'interrompre. Or, depuis qu'elle avait découvert le plaisir de la franche colère, si jouissive dans ses débordements, Jeanne avait tendance à s'installer dans cette facilité pénible pour lui. En acceptant ce comportement au point de le prescrire, Rivière reprenait le contrôle de la situation, qu'il avait d'ailleurs suscitée. Jeanne ne pouvait tolérer qu'il cherchât ainsi à maîtriser ses propos.

— Non, répondit-elle, en croyant être libre de sa réponse. Je n'ai plus envie de t'engueuler!

— Tu as parfaitement raison! C'est vrai, de

quel droit je me permets d'exiger de toi une chose pareille? C'est totalement abusif. Penses-y la prochaine fois que tu auras envie de m'engueuler. Tu as la possibilité de ne pas y réfléchir... ou d'y penser. En femme libre et indépendante, tu devrais même te réserver le droit de m'engueuler quand bon te semble, comme tu le souhaites! Quoique...

— Quoique quoi? Je fais ce que je veux!

— Bien sûr, on est bien d'accord, mais c'est quoi une femme réellement libre et indépendante? J'entends une femme sûre de l'être. Est-ce que ça ne serait pas plutôt une fille qui, au lieu de râler, serait capable de formuler son envie, de dire un truc simple, du style *j'aimerais que la salle de bains soit en ordre, ça me ferait plaisir*? Je pose la question, je n'y réponds pas... Même si j'avoue avoir toujours été séduit par les femmes qui savent prendre position, celles qui dépassent le stade de la plainte... Tu es bien certaine de ne pas avoir envie de m'engueuler?

— Oui.

— Remarque je te comprends, parce que ça ne sert à rien de faire ça à l'improviste, sans parler à fond des choses. Si tu n'y vois pas d'inconvénient, je préférerais donc que tu m'engueules tous les jours, pendant quelques semaines, pour qu'on règle avec persévérance ce qu'on a sur le cœur.

— Mais... je n'en ai pas envie, tu saisis?

— Bon, alors dans ce cas, continue à me crier dessus de temps en temps, en réfléchissant bien au choix de chacun de tes mots. Ça te va ?

— Mais fiche-moi la paix ! Je ne veux plus t'engueuler !

— Bon, puisque tu insistes...

Et il ajouta, pour troubler Jeanne afin qu'elle ne prît pas le temps de réfléchir à la manœuvre qu'il venait de tenter :

— Au fait, est-ce que c'est vrai que ta mère a les doigts de pied palmés ?

— Non, pourquoi ?

— Parce que j'ai gagné au loto, une petite somme, mais j'ai quand même gagné !

Et il s'éloigna. Jeanne le regarda, en se demandant quel rapport pouvait bien exister entre les doigts de pied de Rose et le loto. Elle ne pensait déjà plus à ce qu'il venait de lui vriller dans l'esprit, à son insu. Rivière avait parfois des pratiques de prestidigitateur, de voleur d'attention ; mais de son chapeau il ne faisait surgir qu'un avenir nettoyé des inutiles souffrances. Cet homme singulier ne supportait pas de laisser sa chance au malheur.

Les jours suivants, Jeanne eut l'envie — qu'elle crut naturelle — d'apaiser elle-même ses besoins toujours vivaces. Depuis qu'elle n'était plus rançonnée par Rose à hauteur de dix pour cent de ses revenus, Jeanne évitait tout contact avec ses frères et sœurs, tant elle avait honte de se conduire en fille ingrate; car c'est ainsi qu'elle continuait de se juger. Sa gêne obstinée lui coûtait donc la perte progressive de ses liens familiaux les plus étroits. Elle eut alors l'idée de recommencer à payer, afin de se soulager volontairement, puisqu'elle se trouvait encore tracassée de culpabilité.

Jeanne ouvrit un compte et résolut d'y déposer chaque mois le dixième de ce qu'elle gagnait, non pour Rose mais pour ses enfants; pécule dont ils jouiraient quand viendrait leur majorité, l'âge des choix onéreux. Elle n'entendait pas donner satisfaction à Rose mais à son viscéral besoin de verser un tribut à sa famille. Cette même somme qui, il y a peu, la reliait à son passé se trouverait ainsi affectée à la préparation de l'avenir des siens. À la banque, en signant l'ordre de virement, Jeanne éprouva un vrai bonheur à s'offrir du bien-être, et une émotion mal dissimulée lorsqu'elle expliqua au banquier :

— Quand Max aura dix-huit ans, vous diviserez la somme en trois.

— Vous n'avez pas deux enfants ?

— Si, mais vous verserez un tiers à Max et un tiers à Bérénice. Notez cela, je vais signer.

— Et le dernier tiers ?

— Je ne sais pas... pas encore.

Jeanne n'avoua pas au banquier qu'elle avait voulu jadis un troisième bébé, toujours refusé par Alexandre. Cette troisième part était sa façon à elle de s'occuper de ce dernier enfant qu'elle n'avait pas eu, et auquel elle n'avait jamais renoncé.

Afin d'être bien sûre de cesser d'en vouloir à Alexandre, Jeanne décida également de se donner neuf mois pour créer une petite plantation sur l'île d'Espiritu Santo, domaine qu'elle baptiserait *La Plantation Raphaël*. On devine que ce choix évoquait un prénom auquel elle avait songé, rêveusement, quelques années auparavant. Pendant neuf mois, elle porterait donc ce projet. Mais tout cela resterait secret, son catimini à elle, sans qu'Alexandre fût mis au courant puisqu'il n'avait pas souhaité être le père de son troisième enfant.

En revanche, Jeanne prit la liberté de confier au cahier de Rivière ses autres initiatives. N'était-ce pas elle qui avait, il y a longtemps, commencé cette confession intitulée *Autobiographie d'un amour*? Écrire leur autobiographie commune devenait enfin d'actualité.

De retour de la banque, elle trouva sa maison sens dessus dessous; le salon n'était qu'un mesclun de coussins, de vêtements sales et de pots de yaourt froissés. Alexandre y avait ajouté, comme autrefois, sa contribution personnelle : des journaux effeuillés qui éparpillaient leurs nouvelles, des mots croisés criblés de termes déjà devinés, un verre de vin renversé dont l'hydrographie écarlate courait sur le tapis clair, tout un escalier de détritus alimentaires qui déséquilibrait la table basse. Un instant, elle fut à nouveau tentée de se laisser aller à une colérique réaction. Puis elle admit qu'elle était manifestement la seule à avoir envie d'ordre. De toute évidence, le problème était en elle et non hors d'elle.

Plutôt que de vociférer ou de ranger promptement, Jeanne prit donc la décision de s'occuper du stress aigu qui la rongeait lorsqu'elle se trouvait soumise à de similaires agacements.

— *Moi avant le salon...*, se dit-elle.

Jeanne se rendit illico dans sa chambre et mit une rage tatillonne à ordonner le contenu de ses placards et de ses tiroirs. Elle replia chacun de ses chemisiers, dépensa un soin extrême à trier ses chaussettes, ses vieux vêtements, rebâtit au cordeau ses piles de culottes, usa sa maniaquerie jusqu'à ce qu'elle eût contenté son besoin d'ordre. Trois heures de fièvre ménagère plus tard, elle était rassérénée, capable même de ne pas toucher au salon, amusée par le défi que représentait cette inédite négligence.

Après le dîner — qu'elle ne débarrassa pas, avec une aisance qui lui était nouvelle —, elle eut le déplaisir de voir Rivière se caler, selon sa bonne vieille habitude, devant le film que diffusait l'intermittente chaîne locale, alors qu'elle avait attendu toute la journée ces heures de retrouvailles, ce moment où finirait sa solitude.

Jeanne songea que seul Alexandre pouvait renouer avec une telle indélicatesse. Cette muflerie n'était pas dans le caractère d'Octave, à moins qu'il n'eût arrêté cette conduite par tactique. Pensive, Jeanne finit par convenir que c'était bien elle qui éprouvait du dépit, que sa soif d'intimité avait pour siège sa propre sensibilité et qu'il entrait de la folie à rechercher l'apaisement à l'extérieur de soi. Remettre ce pouvoir exorbitant à un autre lui garantissait effectivement de sombres perspectives et de récurrentes exaspérations.

Jeanne résolut alors d'avoir raison de son incomplétude, de s'accorder le temps que Rivière lui refusait, la sollicitude qu'il lui comptait. Puisque ce soir-là il ne souhaitait pas la rencontrer, Jeanne se fréquenterait elle-même.

Elle fit couler un bain et, dans l'eau chaude, parvint à se rejoindre, fit de sa propre personne sa plus attentive confidente. Par degrés, elle trouva cette impression d'intimité avec soi qui est une manière de tendresse, un réconfort gratis. Alanguie dans la douce conscience d'exister, Jeanne s'écouta et entendit clairement son insatisfaction. Reconnaître cet amer sentiment ne l'en délivra certes pas mais cette disposition lui permit de ne plus se laisser dominer par son émotion qui, accueillie, cessa d'infecter tout son être. Son attente déçue quitta le registre de l'angoisse et reprit naturellement sa juste proportion. Jeanne put alors imaginer comment s'en libérer avec simplicité : plutôt que de cribler Alexandre de reproches lorsqu'il viendrait bâiller près d'elle après le film, il suffisait qu'elle lui racontât combien elle avait eu mal de ne pas retrouver leur couple ce soir-là.

Jeanne prit la plume et s'ouvrit sans retenue dans leur cahier, avec cette impudeur qui est la marque de la confiance. Pour la première fois, elle venait de renoncer au rêve de changer son mari, à cette espérance qui a pour filles le reproche sans appel, l'amertume obligée et le désamour. Puis elle s'endormit sûre de leur passion, en croyant à l'aube.

le sien ? N'était-ce pas de la voir se couler dans le malheur qui l'avait contraint, lui, à se ressaisir ? N'avait-elle pas préféré fléchir la première plutôt que de supporter qu'il sombrât avant elle ? Brusquement, Alexandre se souvint que, dans les semaines qui avaient précédé sa première tentative de pendaison, Jeanne avait laissé traîner son cahier rouge dans la maison, comme si elle eût souhaité qu'il découvrît à quel point elle était fatiguée d'être mal aimée. Devant ces lignes, Rivière reconnut enfin qu'il était à cette époque lui-même plus triste qu'il n'avait voulu l'admettre, affligé de mariner dans un sort étréci, d'homme déjà habitué à s'ennuyer d'être lui, docilement médiocre, dépressif à son insu, malgré ses sourires appliqués. Brusquement, Alexandre saisit toute la réalité de son naturel désespéré, ce vieux fond qu'il s'était toujours ingénié à combattre, et les effets calamiteux de ce mensonge entretenu sur ceux qu'il aimait.

Si Jeanne avait été capable de le sauver de lui-même — et avec quel succès ! — en lui donnant l'occasion de passer pour un sauveur, il pouvait bien à son tour faire l'effort de répondre à ses propres besoins. Rivière sentit à quel point il s'était jusqu'à présent contenté de rectifier l'existence de Jeanne pour ne pas corriger la sienne ; et il eut envie, en lisant le cahier, d'épouser la démarche de cette femme qui le bouleversait.

Mais était-il apte à rompre avec le rôle de mari

insuffisant qui était le sien et auquel il semblait tenir de façon trouble, malgré ses dénégations ? Oserait-il s'aventurer durablement dans la peau d'un homme disposé à combler une femme ? Qui deviendrait-il en quittant définitivement la conduite du type navrant qu'il avait été si long-temps ? Il y a des médiocrités qui, en se perpé-tuant, finissent par nous constituer, et nous dévisser le caractère. Saurait-il se dégager de ses lâchetés, rattraper les espérances énormes des débuts de leur amour ?

Rivière confia ces questions pleines de fièvre à leur cahier ; et il ajouta :

Il me semble que si nous avions aujourd'hui un troisième bébé, il serait l'enfant d'un autre homme. Et si nous le faisions dans notre plantation ?

En découvrant ces trois lignes, ce bref gise-
ment de joie, Jeanne se sut en marche vers moins
de colère définitive, peut-être heureuse. Elle fut
également persuadée qu'il n'est d'autre chemin
pour infléchir la conduite de l'autre que d'oser se
risquer soi-même sur ce chemin. Elle n'avait
pourtant rien confié à Rivière qui eût pu lui faire
sentir qu'elle piaffait de désirer un dernier
enfant. Jeanne s'était contentée de ne plus
négliger ce besoin mal éteint; et la vie, bonne
joueuse quand on la traite en amie, se chargeait
de la surprendre.

Devant elle, les arbres flexibles s'offraient au
vent humide difficile à vaincre; l'élan chaud des
alizés courbait tout, avec une volonté qui sortait
la nature de ses torpeurs végétales. Sur la plage,
les enfants plongeaient leur nudité amphibie
dans le désordre liquide de l'océan; les vagues
dévoraient la plage mourante, ourlée d'écume.
L'époque des cyclones touchait à sa fin. Jeanne

avait le sentiment d'assister au réveil du monde, plus vaste à présent qu'elle n'attendait plus rien qu'elle ne pût se donner elle-même. Contre ses détresses et l'âpreté ordinaire de l'existence à deux, Jeanne comptait désormais sur les facultés qu'elle avait appris jadis à ne pas utiliser.

Elle souleva la couverture d'*Autobiographie d'un amour* et pénétra plus avant dans le cahier de Rivière :

Jeanne,

toute ma vérité voudrait entrer dans ces quelques pages. Ma pente me porte à l'infidélité, c'est vrai, mais tu m'as fait dérailler de mon naturel. Tu es l'événement inespéré qui m'a donné le goût d'être un mieux que moi, de me hisser vers l'homme qui saura un jour t'offrir des épisodes de bonheur sur l'île d'Espiritu Santo. Tes ressentiments ont été mon plus sûr pilote pour que les voiles mortes de notre amour se regonflent. Je ne veux plus t'aimer à petite allure, naviguer à l'économie. Dans la cohue de tes vilaines déceptions, je me suis trouvé.

Alexandre a cessé d'être. Il a disparu à Auckland, grâce à un accident de voiture qui m'a vissé sur un lit d'hôpital pendant presque un an, harcelé de chagrin. Le poète* a raison : « Chacun de nous dans chacune de ses amours est responsable de l'amour sur terre. » J'avais offensé l'amour en t'infligeant mon inattention, insulté tes rêves par négligence, bafoué tes

---

* Christiane Singer.

si belles attentes. Les fruits de ma prétendue passion dénonçaient mes carences, le chiqué de mes déclarations, à quel point je n'étais pas à la hauteur de mes élans.

Sur ce lit de fer, j'ai compris que tu avais été pendant sept ans avec moi sans que je fusse avec toi. On me voyait souriant à tes côtés et on me croyait heureux; j'étais blessé de te blesser. Alors est né mon désir de pacifier tes aigreurs, de désarmer tes rancœurs, de te délivrer de l'entrave de tes peurs anciennes, des croyances qui te corsètent, des chimères féroces venues de ton enfance qui diminuaient l'idée que tu te faisais de toi. J'ai passionnément voulu devenir un homme à l'affût de tes espérances, apte à se donner à toi en sachant se livrer, capable de te permettre de t'aimer. Mon ambition demeure que tu aies pour toi-même cet amour serein qui sauve de l'égoïsme et du reste.

Octave — que j'avais retrouvé en Nouvelle-Zélande quelques semaines avant mon accident — vint souvent me tenir compagnie à l'hôpital. Il fut très présent pendant plusieurs mois, parlant peu dans ma chambre mais m'apportant par ses silences l'exacte compassion dont j'avais besoin. En le voyant presque chaque jour, je m'apercevais dans ce double assis près de moi, abondamment disponible, occupé à me témoigner son indéniable affection par le temps qu'il m'offrait. Il écoutait mes paroles, mes omissions, se passionnait pour ce que je taisais et que mon corps trahissait.

Un matin où il ne pouvait rester près de moi, Octave eut l'idée d'épingler sur le siège du visiteur une photo de nous deux enfants. Ainsi ses yeux continueraient à me fixer en son absence. Son initiative me fit d'abord sourire, puis elle m'aida effectivement à conserver l'illusion d'être l'objet de sa sollicitude. Une autre fois, Octave découpa son propre visage sur le cliché et le jeta ; puis il piqua sur le fauteuil cette photographie de moi seul — si semblable à lui —, sans ajouter de commentaire. Devant la photo de ma figure, je compris alors que je pouvais me tenir compagnie, me donner à moi-même l'extrême attention qu'il avait dépensée jusqu'à présent.

Avec une photo, une épingle et des ciseaux, Octave m'avait convaincu plus efficacement qu'avec des mots. Cette expérience fut l'origine de ma conversion à un autre langage, que lui-même tenait de son vieil instituteur, M. Erickson.

Immobilisé, je me mis à vivre avec moi, ce qui n'était pas dans mes habitudes ; et cette intimité nouvelle me fit découvrir le miracle de se côtoyer réellement, préambule à tout amour réel. Dans ma chambre, mes yeux qui n'étaient plus distraits commencèrent à se dessiller, mon esprit à percer la surface des situations. Je cessai de traverser ma vie et appris à m'y installer, à chasser l'ennui en me fréquentant. Mon frère est parti pour l'Inde et, peu à peu, Alexandre s'est aboli pour devenir Octave. À mesure que je me quittais, mon être cessait de me peser et je me suis rencontré sous cet autre nom. Je ne pouvais plus être l'affreux qui t'avait entortillée dans de tels chagrins.

Par la suite, je me suis fabriqué avec ténacité un caractère, un corps proche de celui de mon frère et un port de tête propre à soutenir mon nouveau regard sur toi. J'ai conservé l'identité d'Octave, emprunté son accent, pour devenir une énigme à tes yeux. Reparaître aux Nouvelles-Hébrides dans la peau de mon jumeau était une tactique pour te contraindre à penser à autre chose qu'à tes griefs d'antan. J'ai mobilisé par ce biais tes interrogations sur ce point précis. J'entendais dérouter ainsi tes conduites habituelles et, en te persuadant par degrés que j'étais bien Octave, rendre obsolètes tes préventions à mon endroit. Mon désir obstiné était de te donner l'opportunité d'aimer l'homme que j'avais toujours voulu être, de te re-rencontrer.

Cette fausseté reposait sur ma haine sincère de l'Alexandre que j'avais été, ce misérable, si impuissant à te conduire vers la complétude que tu méritais. Plus tard, en t'avouant ma véritable identité, j'ai pris soin de t'en faire douter afin de rester un objet de questionnement, pour que ma présence continue d'exercer sur ton esprit un effet quasi hypnotique dont j'ai usé pour désorganiser tes processus de vie les plus délétères. Et puis, je ne parvenais pas à rompre avec ce mensonge de moi qui était si vrai, avec le personnage lumineux d'Octave que j'aurais souhaité faire vivre dès ma naissance. Tu n'imagines pas combien c'est intolérable de n'être qu'Alexandre Rivière, cette

247

vivante défaillance. Il y a dans mon caractère tant de petitesses perpétuées, tant d'exigences hors de ma portée, tant de songes irrattrapables qu'Octave m'était apparu comme une espérance de soulagement.

Bien sûr, je comprendrais que cet esprit de stratégie, que ces habiletés méthodiques t'inquiètent ; mais je ne peux me résigner à aimer sans charger ce verbe d'une folle ambition. Si mon amour ne te rend pas joyeuse d'être toi, alors je n'en suis pas digne. Si mon amour te fait douter de ta valeur et de ton éclat, alors j'ai honte d'être ton amant. Si mon amour te donne le sentiment d'être plus seule avec moi que sans moi, alors respirer n'a plus de sens.

Quand j'ai saisi que tu pouvais périr d'être mal aimée, je t'ai enviée d'être vivante au point d'être mortelle, si magnifiquement vulnérable. Lorsque j'ai senti que j'étais capable de survivre à ce qui toi te tuait, je me suis fait l'effet d'un anesthésié, sans doute déjà mort ; car de tous les maux dont souffrait notre amour, je n'en ressentais aucun et tu les sentais tous. Alexandre, c'est ça, un teckel qui ne meurt pas d'amour, un lascar en veston prêt à s'arranger avec la médiocrité. Octave, lui, avait plus d'infini dans le tempérament.

D'ailleurs, puisque tu m'as dit que Bérénice ne bégaye plus... (Cette phrase percuta Jeanne, tant l'intérêt qu'elle portait à sa fille était vif ; et elle s'interrogea aussitôt : par quel miracle avait-elle pu apprendre à Alexandre ce qu'elle ignorait ?

Elle poursuivit donc sa lecture dans un trouble persistant.)... *il est possible que tu aies envie de m'aider à moins me détester, afin que nous soyons tous heureux, rhododendron de vivre ensemble.* (Pourquoi diable avait-il utilisé le mot *rhododendron*? Cette absurdité la perturba davantage encore.) *Je me demande même si, tôt ou tard, tu ne prendras pas du plaisir à m'offrir ton appui, parfois si plein d'imagination, ce cadeau que tu es libre, bien entendu, de ne pas me donner. Mais tu pourrais trouver une joie particulière à me manipuler, à créer les conditions requises pour que je commence à m'estimer. Je ne sais pas si ce désir naîtra en toi avec facilité, à ton insu ou si tu en seras consciente, ni si tu auras l'occasion de m'en parler; mais je sais que sans toi je ne parviendrai pas à aimer l'homme qui, aujourd'hui, t'avoue le dégoût qu'il a de lui.*

Au bas du cahier, Jeanne écrivit avec l'à-propos d'une femme amoureuse :

Alexandre, la dernière fois que nous avons fait l'amour, j'ai décroché trois orgasmes d'affilée et je te les ai tous cachés pour que tu persévères ! Tu n'es pas obligé de me croire, mais tu peux y repenser, demain, plus tard ou maintenant. Je me doute que tu verras dans cette révélation une réponse immédiate à ta demande voilée, un compliment trop opportun pour ne pas être un calcul. Mais si tu me demandes comment est le ciel et que je réponds la vérité, est-ce ma faute ? Cela dit, je comprendrais très bien que tu préfères oublier cette information, si elle te paraît

249

*mensongère. Néglige-la, s'il te plaît. Je m'en veux
déjà de te l'avoir confiée. Oublie ces paroles que je ne
peux déchirer sans jeter ta confession, si belle, rédigée
sur le recto de cette page. Efface cet aveu.*

Naturellement, Alexandre ne put se retenir de
songer avec satisfaction que, si Jeanne était
sincère, il excellait au-delà du raisonnable (trois
fois !) ; cette idée le flatta là où il était inquiet. Il
eut donc la faiblesse un peu ridicule de se fier à
Jeanne et ne fit guère d'efforts pour se persuader
qu'elle avait peut-être menti.

Jeanne et Alexandre entraient dans leurs plus
belles années. Ils s'engageaient confiants dans
l'étroit couloir du bonheur, en croyant aux
rhododendrons de leur passion. Pour cesser de
trébucher dans leur passé, ils n'ignoraient plus
qu'ils pouvaient compter — comme nous tous —
sur ce qu'ils ne savaient pas encore qu'ils
savaient.

14 avril 1998-14 avril 1999

REMERCIEMENTS

Mort en 1980 à Phoenix, dans l'Arizona, le Professeur Milton H. Erickson n'imaginait sans doute pas qu'il inspirerait un roman d'amour au Français que je suis.

L'œuvre de ce psychiatre hors normes est de celles qui, subrepticement, font basculer l'Histoire. Née d'une pratique thérapeutique, elle me paraît d'une évidente portée universelle. Appliquée au couple — comme ici, de façon romanesque et nullement scientifique — ou à l'art de gouverner les hommes, à l'entreprise, à la pédagogie, à l'exercice de la justice ou à tout autre domaine dans lequel des individus doivent apprendre à changer pour moins souffrir, je la crois porteuse de révolutions qui restent à venir.

Ma dette intellectuelle envers ce créateur mal connu des Européens est immense ; je remercie donc ma femme de m'avoir conduit vers sa pensée. Vous pouvez bien sûr en prendre connaissance avec plus de rigueur que dans un roman comme celui-ci ; mais vous n'êtes pas obligé de prendre cette liberté. Vous avez la possibilité de continuer à ignorer cette contribution décisive à la connaissance de l'homme. Cependant, si vous cédiez à votre curiosité, ne vous laissez pas enthousiasmer... pas trop vite.

Quatre auteurs, parmi d'autres, ont su éclairer les

méthodes de ce psychiatre-stratège aux intuitions géniales : les Américains Ernest L. Rossi, Jeffrey Zeig et Jay Haley, ainsi que le Français Jacques-Antoine Malarewicz, plus proche de notre sensibilité.

Je remercie également un grand Français (le qualifier ainsi l'agacera !), Jacques Salomé, dont la réflexion profonde — et si souvent pillée — a l'élégance de conserver une apparence de simplicité. Ses idées m'ont fécondé et continuent d'exercer sur moi une belle influence.

Hélène Petitier est aussi du nombre de ceux qui ont marqué ce livre ; je la remercie pour le soin avec lequel elle a accompli la relecture de mon manuscrit.

Et puis je remercie deux hommes singuliers, deux Français du bout du monde, Bruno Keller et Jacques Clabaud, qui ont su me faire rêver des Nouvelles-Hébrides (actuellement le Vanuatu).

BIBLIOGRAPHIE SOMMAIRE

(destinée à entrer confiant dans le XXIᵉ siècle)

— Jacques Salomé :
Papa Maman, écoutez-moi vraiment (éd. Albin Michel)
Si je m'écoutais je m'entendrais (éd. de l'Homme)
Le courage d'être soi (éd. du Relié)
— Milton H. Erickson :
L'hypnose thérapeuthique (quatre conférences, chez ESF éditeur)
— Jacques-Antoine Malarewicz :
Cours d'hypnose clinique (Études éricksoniennes — chez ESF éditeur)

Milton H. Erickson. De l'hypnose clinique à la psychothérapie stratégique (en collaboration avec J. Godin, chez ESF éditeur)

— Jay Haley :

Milton H. Erickson, un thérapeute hors du commun (éd. Desclée de Brouwer)

— Jeffrey Zeig :

La technique d'Erickson (éd. Hommes et Groupes)

— Ernest L. Rossi & Milton H. Erickson :

Hypnotherapy, an Exploratory Casebook (Irvington Publishers, Inc., New York). Cet ouvrage — sans doute le meilleur que je puisse recommander — n'est pas (encore?) disponible en langue française; il peut être commandé chez Irvington Publishers, Inc. 740 Broadway, New York, NY 10003, tel 00 1 603 669 59 33.

DU MÊME AUTEUR

Aux Éditions Gallimard

BILLE EN TÊTE, *roman*. Prix du Premier Roman 1986 (Folio, n° *1919*).

LE ZÈBRE, *roman*. Prix Femina 1988 (Folio, n° *2185*).

LE PETIT SAUVAGE, *roman* (Folio, n° *2652*).

L'ÎLE DES GAUCHERS, *roman* (Folio, n° *2912*).

LE ZUBIAL, *roman* (Folio, n° *3206*).

AUTOBIOGRAPHIE D'UN AMOUR, *roman* (Folio, n° *3253*).

Aux Éditions Gallimard Jeunesse

CYBERMAMAN.

Aux Éditions Flammarion

FANFAN, *roman* (repris en Folio, n° *2376*).

*Composition CMB
et impression Bussière Camedan Imprimeries
à Saint-Amand (Cher), le 18 avril 2001.
Dépôt légal : avril 2001.
Numéro d'imprimeur : 011960/1.*

ISBN 2-07-041685-2./Imprimé en France.

98288